ROADMARKS

ロードマークス

Roger Zelazny

ロジャー・ゼラズニイ
植草昌実訳

新紀元社

ROADMARKS

ロードマークス

Roger Zelazny

ロジャー・ゼラズニイ
植草昌実訳

新紀元社

装幀　坂野公一（welle design）
装画　サイトウユウスケ

ロン・バウンズ、
ボビー・アンラスター、
ガリー＆ウシ・クリュプフェルに、
オクトーバー・フェストの楽しい思い出と共に

2

「止めて！」レイラが声をあげた。

ランディはすぐに車を右の路肩に寄せ、止めた。夜明け近い空には真珠色の光が脈打っていた。

「そのままバックして」

彼はうなずき、シフトレバーをバックに入れた。

「あの人たちかい？　なら、歩いても――」

「降りる前に、もっと近づいて見ておきたいから」

「わかった」と言うと、彼は車をゆっくりと後退させた。

彼女は後ろに目を向け、くたびれはてた灰色の車を見やった。乗っているのは二人。どちらも白髪かもしれないが、まだ薄暗いのではっきりしない。二人ともこちらを見ているようだ。

「すぐに運転席側のドアが開く」彼女は小声で言った。

運転席側のドアが開いた。

「反対側も」

助手席側のドアも開いた。

「運転席にはおじいさん、助手席にはおばあさん……」

年老いた男と女が車を降り、ドアを閉めずに、車の前にまわりだした。二人とも、着ているロングコートはぼろぼろだが、きちんとベルトを締めている。

「止めて」彼女が言った。「降りて手助けしよう。ディストリビューター・キャップがゆるんでいる」

「見えたの？」

「見えないけど」彼女は答えた。

彼女はドアを開けて後ろに向かった。彼も続いた。近づいて最初に思ったのは、あの歳で運転できるのか、ということだった。老人は背を丸め、車に寄りかかっていた。鴉《からす》の足のように痩せこけた、染みの浮いた片手が、かすかに震えていた。顔は皺《しわ》深く、眉は髪と同じで真っ白だった。だが、その下の目はランディをまっすぐ見ていた——緑の瞳が燃えるような光を湛えている。三メートル離れていたら、その目に浮かんだ警戒には気づかなかったことだろう。ランディは笑いかけてみたが、老人は何も返さなかった。

レイラはすでに老女に近づいて、ランディにはわからない言葉で話をしていた。

「ボンネットを開けて見てみましょうか」ランディは言ってみた。「手伝えるかもしれません」

老人が黙ったままなので、彼は〈フォアトーク語《リンゴ》〉で同じことを言ってみた。やはり返事はなかった。老人は彼の顔や服装や、動きを注視しているようだった。その探るような視線に落ち着けなくなってきた。彼はレイラに目で伝えようとした。

「大丈夫」彼女が言った。「ボンネットを開けて直してやって。二人とも、車がどうやって走るのか知らないから。こっちは今、燃料について教えてるところ」

ラッチを外そうと屈みかけたランディは、レイラが老女に分厚い札束を渡すのを見た。ボンネットが何インチか上がると、老人は身を引いた。ランディがボンネットをすっかり上げてしまうと、老人は驚いたような声を上げた。

やっぱり。ディストリビューター・キャップがゆるんでいた。彼はキャップを元の位置に戻し、固定した。エンジンの他の箇所にも目を向けてみたが、異状はなさそうだった。

「エンジンをかけてもらえますか」

声をかけたランディが顔を上げると、老人は笑みを返した。

「言葉が通じているかどうか、わかりませんが、エンジンをかけてみたいんですよ」ランディは言った。老人は答えも動きもしないので、彼は続けた。「ぼくがやりましょう」

ランディは老人を通り越し、車内を見た。キーはイグニションに差したままだ。運転席に滑りこむと、キーを回してみた。一瞬後、エンジンがかかった。彼はエンジンを止め、車を降りた。老人に笑いかけ、うなずいて見せた。

「これで元どおりです」

老人はつかつかと歩み寄ると、力をこめて彼を抱きしめた。驚くほど腕は強く、息は熱かった。

「名前はなんという？　親切な人よ」老人は言った。

「ぼくはランディ。ランディ――ドラキーンです」もがいて老人の腕から身を離しながら、彼は答えた。

「ドラキーン。いい名前ね」別の声がした。

レイラが車を周り、彼の後ろに来ていた。そのそばに老女がいた。

「この人たちはもう大丈夫」彼女は言った。「さあ、行こう――バビロンの最終出口に」

レイラが息を漏らすように声をかけると、老人はうなずいた。彼女はしばらく老女を抱きしめると、身を離して車に戻った。ランディも急いであとに続いた。彼が振り返ると、二人はすでに車に乗りこんでいた。エンジンのかかる音がした。灰色の車は〈道《ロード》〉に出ると、たちまち遠ざかっていった。そのとき、昇る朝日の中、レイラが泣いているのに気づいた。彼は落ち着かなくなり、目をそらした。

1

レッド・ドラキーンが車を駆る〈道《ロード》〉はまっすぐな、静かというよりはむしろ死んでいるかのような区間で、ただ行く手におぼろな光がゆらめくばかりだった。何時間か前に、ずっと先の時代の車が二台、見とれるほどの速さで追い抜いていき、そのあとで今度は彼のほうが、四頭立ての馬車を一台と、男一人を乗せた馬を一頭、追い越した。彼はダッジの青いピックアップ・トラックを、時速六十五マイルを保って右車線に走行させていた。葉巻を口に、鼻歌をうたいながら。

かすかに青みを帯びた空を、まばゆい光の筋が東西に走っている。埃は立たず、フロントガラスに衝突して潰れる虫もいない。

彼はウィンドウを下げたまま車を走らせていた。左手はドアの縁《へり》を掴んでいる。色褪せたベースボール・キャップのひさしを目深に下げ、緑の目の上半分が陰になるよう、首を反《そ》らせていた。赤毛だが、あごひげは髪よりやや色が濃い。

遠く先のほうに、点のようなものが見えた。それは近づく間に大きくなり、古ぼけた黒いフォルクスワーゲンの形をとった。すれ違うさいにクラクションが響いた。フォルクスワーゲンは路肩に寄り、停まった。

レッドはサイドミラーに目をやると、ブレーキを踏んでダッジを右に寄せた。車の減速に合わせているのか、空が脈打つように――青、灰色、青、灰色と――色を変えはじめ、光の筋は薄らぎ、消えた。

車を止めたとき、あたりは夕暮れのさまを見せていた。遠くでコオロギが鳴き、冷たい風が吹きすぎる。彼はドアを開け、車を降りると、イグニション・キーを抜いてポケットに入れた。リーヴァイスのジーンズにコンバット・ブーツ、茶色のスキーベストの下はカーキのワークシャツ。幅広のベルトに、手のこんだ細工のバックル。彼は帽子のひさしを後ろにかぶり直すと、車に戻る前に路肩に立ちどまって葉巻に火をつけた。

〈道〉《ロード》を横断すればまちがいなく破壊される。そこでレッドは、フォルクスワーゲンと向き合える位置まで足を進めた。すると、車のドアが開き、小さな口ひげをたくわえた小柄な男が降りてきた。

「レッド！」男は声をかけた。「おい、きみはレッドではないか？」

「どうした、アドルフ？」彼は大声で答えた。「自分が勝ったときをまだ探しているのか」

「まあ、聞きたまえ」男が言った。「伝えようか止そうか、迷っていたことだ。私はきみが嫌いだが、借りもあることだし、決めかねていた。これがきみにとっていいことか悪いことかもわからない。だが、釣り合いは取れると思う。だから伝えておく。この〈道〉《ロード》のずっと先だが、青い聖塔《ジッグラト》のある出口で――」

「青い聖塔《ジッグラト》？」

「そうだ。そこできみの車がひっくり返っているのを見た。ひどい壊れようだった」

　レッド・ドラキーンはしばらく黙りこんだ。が、じきに笑いだした。

「死神のやつ、今おれとすれ違ったら、戸惑うことだろうな」彼は言った。「この男、バビロンの最終出口で待ち合わせているはずなのに、テミストクレス統治下のアテナイで何をしているんだ、なんてね」

　彼は巨軀を揺らしてまた笑った。そして、葉巻をひと吹かしすると、敬礼もどきに右手を挙げた。

「感謝する。それは知っておいたほうがよさそうだ」

そして、トラックに戻りかけた。

「もう一つある」口ひげの男が声をかけた。

彼は立ち止まり、振り向いた。

「なんだ？」

「きみは偉人になれるかもしれない。では」

「また会おう《アウフ・ヴィーダーゼーエン》」

レッドは運転席に戻ると、エンジンをかけた。空は青に戻っていた。

2

夜明けの光に廃墟の影がくっきりと浮かびあがる頃、イースト・リヴァーに浮かぶ屋根付き船の上で、〈紋殺嬢《ストラングレーナ》〉は目を覚ました。掛けていた毛皮をそっとよけると、燃え立つような赤い髪を額から掻きあげた。恋人の熱情の痕をたどるように、指先を首から肩、それから胸に、さらに下の感じやすいところに這わせる。笑みを浮かべて指を曲げ伸ばしすると、ゆっくり左に体を向けた。

夜のように黒い巨漢トバは、右手で頬杖をついたまま、にかっと笑った。

「やだ、寝てたんじゃなかったの？」彼女は言った。

「一夜を共にして、眠ったばかりに絞殺された男は百人をくだらない、そんな女が相手だからな」

彼女は目を細めた。

「わたしが誰か知ってたってわけね。あんた、これで上手《うわて》に出たつもり？」

「アンフェタミンに誓って、そのとおり」

彼女は笑みを返し、伸びをした。

「運がよかったね。いつもは相手が寝つくのを待ちゃしないんだ。そのときが来たら自分に従うまでよ。あんたのそのときは今だったのに、眺めに気をとられちゃった。それはいいから……」

彼女は手を伸ばし、コントロール・ユニットを操作した。船は静かに動きだした。

彼女は外に顔を向けた。

「見て、マンハッタンの廃墟が朝日を受けてる！　わたし、廃墟が好き」彼女は身を起こすと、磨いて彫刻をほどこした長方形の木の額縁を掲げた。腕を伸ばして、額縁越しに外を見た。「見てよ……いい構図《コンポジション》じゃない？」

トバが身を起こし、前に乗り出すと、髭の伸びた顎が彼女の左肩をかすめた。

「これは――うん、いいね」

彼女は左手に小型カメラを持ち、額縁越しの風景をファインダー越しに見ると、屈んだり反《そ》ったりしてからシャッターを切った。

「撮れた」

彼女はカメラと額縁を右側に置いた。

「こんなに綺麗な廃墟なら、死ぬまでずっと眺めていられる。今だってね。ほとんどの時間、ただ眺めてるだけ。きまって、川から見るといちばん綺麗に見える。気づいてた？」

「きみがそういうから……」

「正直な話、この船から見たあんたも、綺麗に見えたよ。ぼろを着て川縁のごみを漁っている、汚れた無知そのものの姿が、滅びた文明の申し子みたいでね。すっかり騙されたよ。あんた、何者？　考古学者か何か？」

「聞いてくれ……」

「……おまけに、わたしのことを知っていた。右手は立てたまま、首を上げて」

彼女はうつぶせになると、右腕を伸ばし、彼の手を摑んだ。

「さあ、ミスター・トバ、この勝負にはあんたの命がかかってる。覚悟はいい？」

「いいとも。レディ・ゴー！」

彼の腕は押され、下がりはじめた。手を握りなおし、腕に力をこめた。つかのま、両者は止まった。彼は歯を食いしばり、体重を左にかけた。

だが、腕を床に押しつけられ、彼は転がった。

彼女は笑みを浮かべ、見下ろした。

「左でもうひと勝負いく？」

「いや、参った。きみについて聞いてきたことは、一つ残らず本当だったな……変わった趣味の持ち主というだけじゃなく、その趣味を楽しむだけの強さも持っている。欲しいものを手に入れる人を、私は称賛するよ。きみに会うには、こんな手でも使うほかなかったんだ。きみが見送るはずもない、一生に一度の話を伝えに来たからね」

「綺麗な廃墟の話かい？」

「乗ったほうがいい話さ！」彼はすぐさま言い加えた。

「……いい男は？」

「最高のやつがいる！」

彼女は彼の手を摑むと引き上げ、立たせた。

「見なよ！　あっちの崩れた塔に朝日が当たってる！」

「こいつは見事だ！」

「その男の名は？」

「ドラキーン。レッド・ドラキーンだ」

「聞いたことあるかも……」

「どこにでも姿を現すからな」

「見た目はどう？」

「私が言うまでもない」

「新しい船を出してもいい。象牙の細工で飾ったやつを……」

「おっと、話してる場合じゃない！　あの橋越しに日が差してきたぞ！」

「カメラを渡して！　早く！――トバ、あんたって、運に恵まれてるのね」

「どうなんだろうね」

1

バックミラーにぽつんと現れた点が大きくなってくるのを見て、レッド・ドラキーンは小声で悪態をついた。

「何かあったの？」ダッシュボードからかすれた声がした。

「あれ？　おまえのスイッチ、入れたままになってたかな」

彼は右手をコントロール・ノブに伸ばしかけ、引っこめた。

「あんたは切った。わたしが自分で起動しただけ」

「なんでまた、そんなことができるようになったんだ？」

「先月、あんたにカードで勝ったから、整備に行ったの覚えてる？　そのとき、口座の残高に余裕があったから、回路をいくつか追加させてもらった。できることは増やしていかないとね」

「ということは、まるひと月、おれの言ったことを聞いてたってわけか」

「そう。独り言が多いのね。面白い」

「何か手を打たないとな」

「わたしとカードで勝負しなければいいいんじゃないの――で、何かあったの？」

「警察だ。かなり速い。追い越して行っちまうかもしれない。行かないかもしれない」

「ノックアウトは簡単よ。やっていい？」

「馬鹿言うな、〈華《フラワーズ》〉。おとなしくしてろ。ものごとが動くには時間がかかるってだけさ」

「わからない」

「おれは急がない。しくじってもやりなおすだけだ。でなかったら、別のやりかたを試す」

彼はバックミラーに目を戻した。輝く流線型の車体は今や大きく映り、追い越し車線で減速するかと思いきや、さらに加速したようだった。

「やっぱり、わからない」

彼はマッチを親指の爪に擦りつけて点火すると、葉巻の先にかざした。

「そうだろう。心配するな――で、どんな話になっても割りこむなよ」

「了解」

レッドは脇を見やった。警察車輛は今、ピックアップ・トラックと速度を合わせ、併走している。彼は溜息をついた。

「止めるか、行かせるか、はっきりしろよ」彼はぼやいた。「遊ぶにはお互い、歳を取り過ぎだろうが」

ぼやきに答えるように、サイレンが喚《わめ》きだした。警察車輛のぴかぴかの屋根に球体が現れ、熱い眼のように赤く点滅しはじめた。

レッドはハンドルを切ると、車を〈道《ロード》〉の路肩に寄せた。空は脈打つように明滅した。車を止めると、右手の地平線に朝日が昇り、草は霜で白くなり、鳥がさえずっていた。警察車輛は彼の車の前で停車した。両側のドアが開き、灰色の制服を着た警察官が二人、降りるとこちらに近づいてきた。彼はイグニションを切り、エンジンを止めると、そのまま座っていた。動くのは葉巻の煙だけだった。

運転席から降りてきた警察官が、彼のいるドアのほうに立った。相棒は車体の後ろに回った。運転席を覗きこんで、警察官は少しだけ笑った。

「おれも運が悪いな」彼は言った。

「よう、トニーじゃないか」

「レッド、あんただったとはね。まずいことに手をつけてなきゃいいが」

レッドは肩をすくめた。

「あれやこれやの小商《こあきな》いだけさ」

「トニー」後ろで声がした。「こいつを見てくれ」

「わかった……悪いが、降りてもらわないとな、レッド」

「喜んで」

レッドはドアを開け、車を降りた。

「何があった?」トニーは問いかけながら後部に向かった。

「これさ」

相棒は防水シートの角をほどき、持ち上げた。梱包をゆるめ、さらに広げていく。

「これ、知ってるぞ！　二十世紀のライフルで、Ｍ１ってやつだ」

「ああ、おれも知ってる。その後ろを見ろよ。ブローニング自動小銃だ。それから、手榴弾が一箱。銃弾《たま》もたんまりある」

トニーは息をつき、レッドに目を向けた。

「何も言うな。考えてるから」彼は言った。「あんたがどこに行くかは見当がついている。マラトンの戦いではギリシア軍が勝つと信じて、加勢の武器を届けるんだろう」

レッドの顔が強ばった。

「なぜそう思う?」

「前にも二度しているからな」

「止めたのは、たまたま不審に思ったからか?」

「そうだ」

葉巻を加えたまま、レッドは笑った。

「なるほど。で、おまえらはおれのブツを抑えた。これからどうする？」

「まずは荷物を没収する。おれたちの車に積みこむのを手伝ってくれ」

「受領書は出すよな？」

「ふざけるな。自分がしようとしたのがどれだけ大事《おおごと》か、わからないのか」

「ああ、わからないね」

「おとなしく引き渡せば、それ以上のことはない。わかるよな。あんたはまた〈道《ロード》〉に抜け道か、別の出口を作るだろうが」

「作っちゃ悪いか？」

「誰が通るかわかったものじゃないからな」

「今のここだって、どんなやつが通るか、知れたもんじゃないさ。トニー。おれやら、おまえらやら」

「あんたはその中でも一番の厄介者だ。レッドを知らないやつはいない。なんでまた、脇道なんぞ作りたがるんだ？」

「もともとあったからさ。今は封鎖されていてもな。おれは元どおりにしたいだけなんだ」

「脇道があった記憶はないが」

「おまえが若僧だからさ、トニー」

「つくづくわからないやつだな、あんたは。荷物を運ぶから、手を貸してくれ」

「わかった」

一同は荷物の積み替えを始めた。

「こういうことはするものじゃないって、わかっているんだろう」

「見張るのがおまえらの仕事だってこともな」

「だが、気にもしちゃいないってわけだな。あんたが開いた脇道が、〈道《ロード》〉を行き来できるような、危険で有害な生き物の通り道になったら、と考えてもみろよ。ろくなことにならない。手を引こうとは思わないのか？」

「他のやりかたじゃ見つけられないものを探しているんだ」

「それが何か、聞かせてくれ」

「そうはいかない。おれのことだし」

「自分一人のちょっとした気まぐれで、ここの交通形態をぶち壊そうって気か？」

「まあな」

「何を訊かれたか、わからないようだな。おれはあんたを追ってもう四十年になる。なんだって、そんなことをする？」

「まだ五、六年だろう。長くても三十年くらいじゃないのか。おれは覚えちゃいないが。その間《かん》おまえがやってきたのはデスクワークか？」

「ああ、うんざりするほどしたさ」

「そのあいだに、新しい脇道のことを吹きこまれたか」

「真面目な話、脇道についてはずいぶん調べた。あんたが考えているより、ずっと複雑な問題なんだ」

「くだらん！　昔あったものを、もとどおりにするだけのことだ」

「思うだけならあんたの勝手だが、面倒は起こさせないぞ」

「おれだけじゃない。そうは思わないやつらが、この〈道《ロード》〉を行き来する理由は他にないだろう。誰もが行く先々で、脇道を変えているんだ」

トニーは歯噛みをした。

「知ってるさ。まったく、とんでもないことをしやがる。検問所をいくつも設けて取り締まらなくては——」

「だが、〈道《ロード》〉は昔からずっとあって、おれたちみたいに行き来しているやつらもいた。世界があるかぎり、〈道《ロード》〉もありつづける——創造のときから、終末を迎えるまでな。わかるか？」

「あんたとは四十年付き合ってきた——三十年かもしれないし、五、六年かもしれないが。でも、変わらないな。何を言っても聞かない。——仕方ないな。おれたちは交通の制限もできないし、あちこちに作られる小さな脇道も取り締まりきれない。だが、大きいことなら目が届くから、見張っていられる。おまけに、あんたはいつも大きな仕事《ヤマ》に手を出す。今日は警告だけにしておくつもりだ」

「警告までしかできないのは自分でもわかってるよな。おれが荷物をどこに運ぼうとしたか、はっきりさせられないだろう。押収も、厳重注意もできるだろうし、したくなったらちょっとばかり手荒なまねもするだろう。だが、それも一時《いっとき》のことだ――おまえがおれを追うわけが、表向きとは違うのも、とうにわかってる。捜査方針でも、治安維持でもない目的があるんだよな。おれの邪魔をするのには、おまえ個人の理由《わけ》がある。おれを狙ってるやつがいるんだ。誰がなぜ狙うのか、教えてもらいたいね」

トニーの顔が赤くなった。その脇を相棒が、手榴弾の箱を持って通っていった。

「レッド、それは被害妄想ってもんだ」トニーはなんとか答えた。

「そうかねえ。そいつが誰か、ちょっとヒントをくれないか」トニーの目から目を離さずに、彼は弾薬箱でマッチを擦ると、消えた葉巻にまた火をつけた。「誰だろうねえ」

武器をすっかり積み終えたのは、それから十分後のことだった。警官たちが作業を終えると、レッドはようやくトラックに戻ることを許可された。

「これでよし。今日の警告を忘れるな」トニーが言った。

レッドはうなずいた。

「……それからな、気をつけろよ」

レッドはまた、今度はゆっくりうなずいた。

「ありがとよ」

二人の警官が光る車に乗り、去っていくのを彼は見送った。

「あいつら、何をしにきたの？」

「やつらなりの親切さ、〈華《フラワーズ》〉。面倒に巻きこまれるのを知らせにきてくれたんだ」

「どんな面倒？」

「さあな、それを考えないと。この先、休めるところは？」

「わりと近くに」

「運転は頼んだ」

「了解」

トラックはひと揺れすると、走りだした。

2

サド侯爵はサンドクのあとに続き、巨大な建物に入っていった。

「大いに感謝する」彼は言った。「チャドウィックに伝えなかったことにも。あやつめ、吾輩が忌々しい原稿の山を読みふけっていると思いこんでいることだろう。キュヴィエ男爵の推論には訝《いぶか》りもしたが、望みを抱いてもきた。だが、この目で見ることになろうとは、夢にも思わなかった」

サンドクは笑いを堪えながら、彼を広い研究室へと案内した。

「お礼を申し上げるのはこちらです。お気遣いなく。わが作品を御覧あれ」

二人は研究室の中央にある大きな穴に歩み寄り、それを囲う柵に手をかけた。

サンドクが右手で合図を送ると、光が穴を底まで照らしだした。

そこに立っていたのは、巨像とも、B級映画用の途方もなく出来の良い舞台装置とも、突然に可視的な形をとった神経症とも思えるもの……。

それは動いていた。足を引きずるように移動し、光を避けたいのか、頭を低くした。後頭部には金属片が輝き、脊柱のだいぶ下のほうにも、同じ金属片がはまっていた。

「見苦しいものが付いてはおりますが」サンドクが言った。

侯爵はかぶりを振った。

「あの歯並び、まさに神の御業《みわざ》だ。見事なものだ！」彼は静かに言った。「なんという名だったか、もう一度教えてくれたまえ」

「ティラノサウルス・レックス」

「まさに。この姿にふさわしい名だ！　なんとすばらしい！」

一分あまり、彼はその場で微動だにしなかった。やおら、彼は尋ねた。「どのようにして、この美しい獣を手に入れたのかね。かれらが生きていたのは、遙かに遠い昔のことと聞いているが」

「仰せのとおり。これを捕らえてくるには、〈道《ロード》〉上空を核融合艇で長時間、それも高速で移動しなくてはなりませんでした」

「すなわち、〈道《ロード》〉をたどればかの時代までも遡《さかのぼ》れる、と……。驚くばかりだ！　しかし、かくも巨大で力強いものを、いったいどのようにして運んだのだ？」

「運んではおりません。わがチームは一頭の個体に麻酔をかけると、組織を採取して、ここから十五年後の未来に届けました。ここにいるのは、その組織をクローン培養して作った複製です。言うなれば、元の個体の人工的な双生児なのです」

「すばらしい。実にすばらしい！　理解はできないが、かまうものか——神秘なるものこそ心を捉えるのだ。さて、どのように扱うか、教えてもらおう」

「後頭部と脊柱に金属板が埋めこんであります」

「見ればわかる」

「あれは送電網です。あの金属板から、無数の微細な電極を、この生物の神経系につないでいます。しばしお待ちを……」

サンドクは作業台まで行き、長方形の薄い箱のようなものと、銀色の籠状のものを手に取った。戻ると、その二つを侯爵に見せた。

「これは」箱を指して言った。「コンピュータといって——」

「思考する機械だな」

「これはこれは、すでにお聞き及びでしたか。いかにも、まさにおっしゃるとおりのものです。この機械は通信もできます」

サンドクはスイッチを押した。表示板の後ろに小さな光が点った。音はしなかった。

「それを使えば、あいつを意のままに操れる――そうだったな」

「それだけではありません」

サンドクは籠状のヘッドギアを頭に装着すると、バンドで調整した。

「さらに良いのは、フィードバックがあることです」

巨獣は首をもたげ、二人を目で捉えようとした。

「……人間が二人、こちらを見下ろしている。片方は光るものを頭に載せている。私は挨拶する――右の前肢《まえあし》で」

体に比べ極端に小さな前肢の一方が、無気味にも笑いを誘う動きで振られた。

「……次は声で挨拶だ！」

穴からは遠い、機器を置いた作業台がみなガタガタと音を立てるばかりか、建物全体が揺れるほどの咆哮が轟《とどろ》いた。

「吾輩にさせよ！　それを寄越せ！」侯爵が叫びたてた。「やらせてくれ！　頼む！」

サンドクは笑みを浮かべ、ヘッドギアを外した。

「喜んで。簡単にできます。着けかたをお教えいたします……」

それからの数分、侯爵は怪物を穴の底で歩かせ、尾を振らせ、足踏みをさせた。

「あやつの目を通して見えるぞ！」

「先ほど申しましたフィードバックのひとつです」

「吾輩の――いや、あやつの強きこと、まさに見事だ！」

「仰せのとおり」

さらに数分後、「この昂ぶりを醒まさねばならぬとは惜しいことよ」と侯爵は言った。「だが、終えねばなるまい。どうすれば止められるのだ」

「御意。お手伝いします」

サンドクは侯爵からヘッドギアを外すと、制御装置のスイッチを切った。

「これほどの力を感じたことはなかった」侯爵が言った。「まさに、これぞ天下無双の武器、完全無欠の刺客。こやつを用いてあのドラキーンとやらを殺し、貴公の主人がかけた懸賞金を得ようとは思わぬか」

サンドクは声をあげて笑った。

「踏み殺させるために、あの男が来そうな地点を探して、〈道《ロード》〉にこいつを歩かせようとお考えですか。無理というものです。ドラキーンがどこに来るかわかっていても、そこまでこの獣をどう連れていけばいいのか、困難を極める問題になりますので。そのような用途は夢にも思っておりませんでした。面倒このうえありません」

「なるほど、なるほど――そのように言われるとな。この猛《たけ》き爬虫類が獲物に襲いかかるさまが浮かんでしまってな……あやつを通して、それをこの身で感じられるかと思うと……」

「いかにも。お気持ちはわかります」

「……だが、これは科学の進歩への偉大な貢献であると言うべきものだろう」

「それはどうかと。ここで働く技術者たちはみな尊敬すべき者です。ですが、怪物を操れるようになったからといって、科学にはなんの益にもなりません。それであの獣についての知識を得たとしても、何も手を加えないまま調査研究していれば簡単に知りうることばかりです。御覧いただいたのは、思いつきを形にしただけのことにすぎません——だからこそ、お目にかけることに私は同意したのです。私はただ楽しみとして、これをしたいと望んでいました。ほかには何もありません。これ自体が目的なのです。用途などありはしません。助手たちはこの獣の生理学を研究し、成果を論文として発表することでしょう。それがこの獣の利用価値かもしれません。私は長く実績を積み、称賛されてきたのですから、このような楽しみが許されてもいいというものでしょう。いかがですか」

「どうやら、吾輩が思っていたよりも、われわれは似ているようだ」

「金のかかる道楽をしているから、ですか」

侯爵はかぶりを振った。

「このような奇妙な力を楽しむことができるからだ」

サンドクが合図を送ると、穴を照らしていた明かりが消えた。彼は柵に背を向け、離れた。

「いかにも」彼は言った。「鋭い御指摘ですな」サンドクが作業台にヘッドギアとコンピュータを置き、二人は外に向かった。「原稿にお戻りになるのがよろしいかと」

「いやはや」侯爵は言った。「オリュンポス山の頂からタルタロスの底まで、何歩も離れていないのだな」

サンドクは笑みを浮かべた。

「あの獣めは実に大食です」彼は言った。「が、それだけの値打ちはあります」

1

車は砂利を敷きつめた駐車場に入ると、さまざまな燃料ポンプを並べたログハウスの列に向かった。

「ガソリンは？」レッドが尋ねた。

「半分くらい。補助タンクは満タンだけど」

「あの木立のほうに停めよう」

車は大きなオークの木の下で停まった。太陽はすっかり西に傾いている。

「このあたりがC16だと思うが」

「そう。ここで降りる？」

「いや、考えてただけだ。この時代に知ってるやつがいた。イギリスへの抜け道をちょっと行くと
……」

「ここに車を停めて、その人に会いにいくつもり？」

「いや。そいつは――もう、ここにはいない。おまけに、おれは腹が減った。一緒に来てくれ」

彼は計器盤《ダッシュボード》の下から『悪の華《フラワーズ・オヴ・イーヴル》』を取り出した。

「その人はどこに行ったの？」本から声がした。

「誰が？」

「あんたの友達」

「やつか。行っちまったよ。遠いところにな」レッドは笑った。

彼は車のドアを開けて外に踏み出した。空気はひんやりとしていた。彼は足早にログハウスのほうに向かった。

食堂は薄暗かったが、シャンデリアには明かりが灯っていなかった。床は板張りで、木製のテーブルにはどれもクロスがかかっていない。ずっと奥のほうで、暖炉の薪が爆《は》ぜる音がした。窓は正面にしかないようだ。

彼は客たちを眺めやった。大きな窓に面したテーブルにはカップルが二組。見たところ、みな若い。服装と話しかたから、C21も遅い頃から来たのだろうと、彼は見当をつけた。右手のテーブルにいる品のよい男は、身なりからすると、ヴィクトリア朝後期のイングランドから来たと見える。ごく近い席に壁を背にして着いているのは、黒いトラウザーズとブーツに、白いシャツの男だった。チキン料理でビールを飲んでいる。黒革のジャケットが椅子の背に掛かっていた。ありふれた風体だ。いつから来たのか、レッドには見当がつかなかった。

彼は店のいちばん奥のテーブルまで行くと、隅を背にして席に着いた。テーブルに『悪の華』を置き、何も考えずにただ開いた。

「〝地図や絵双紙に憧憬《あこが》れる少年の心にとって、世界は彼の広やかな野望と変わらない〟」と、小さな声がした。

彼は本をさっと取り上げて自分の顔を隠した。

「まさに、な」と小声で答えた。

「でも、あんたはそれだけでは満足できないでしょう」

「ちょっとした居場所があればいいだけさ」

「どこにならありそう?」

「知るもんか」

「あんたがしていることが、わたしにはわからない――」

長身白髪のウェイターがテーブルの脇で立ち止まった。

「ご注文は――レッドじゃないか!」

彼は目を上げ、しばしウェイターを見た。

「ジョンスンか?」

「そうだとも。なんたる奇縁。いったい何年ぶりだろう」

「そんなになるかな。〈道《ロード》〉のずっと先のほうで仕事してたんじゃなかったのか」

「ああ。でも、ここのほうが良いものでね」

「居場所ができてよかったな。それはそうと、あの男のチキンは旨そうだな」レッドは黒髪の男を顎で指した。「ビールも欲しい。同じのを頼む。ところで、誰だい？」

「初めての客だ」

「まあいい。先にビールを頼むよ」

「喜んで」

彼は上着の隠しポケットから葉巻を取り出し、目を向けた。

ジョンスンはそれに気づき、足を止めた。

「あの技をまた見せてくれるのかい」

「技ってなんだ？」

「暖炉から拾った石炭で葉巻に火をつけたことがあったじゃないか。手に火傷《やけど》ひとつせずに」

「まさか」

「覚えていないのか。ほんの何年か前なんだが……今のきみは、まだその技を身につけていないのかもしれん。あのときはもっと老けて見えたからな。〈道《ロード》〉を半Cほど下ったところだったし」

レッドはかぶりを振った。

「子供だましだな。今のおれは知らない。さあ、ビールとチキンを持ってきてくれ」

ジョンスンはうなずくと、離れていった。

レッドが食事を終える頃、食堂は満席になっていた。明かりが灯った店内はざわめいていた。彼はジョンスンを呼び止め、支払いをすると席を立った。

外に出ると、夜気が寒かった。彼はステップを降りると、トラックを停めた左手の駐車場に向かった。

「静かね」手にした本が小声で言った。

「ああ、そうだな――」

目が銃火を、耳が銃声を捉えると同時に、彼は衝撃によろめいた。

撃たれたかどうかはわからないまま、彼は右腕で身を守りつつ横ざまに跳んだ。まだ銃声が聞こえたが、何も感じなかった。腕を一振りして陰に潜む射手に『悪の華』を投げつけると、車に向かい走った。

車の前から助手席側にまわりこみ、ドアを開いて中に身を投げた。座席の下に置いた四五口径を取ろうと手探りしていると、反対側から砂利を踏む足音が聞こえた。声が遠く聞こえた。「動かないで。狙《ねら》われてる」指先がリヴォルヴァーの重い銃把《グリップ》に触れると同時に、小声の悪態とともに銃声が聞こえた。彼は運転席のウィンドウから発砲した――一度だけ。それから身を低くし、待った。

建物のあるほうから、ドアを急に開いたときのように、大勢が声高に言葉を交わす声が聞こえてきた。何事かと尋ねる叫びも交じっている。だが、誰一人近づいてくる様子はない。

彼は低い姿勢のまま、トラックの後部に向かった。手と膝を地面についたまま背後をうかがい、後部ドアからバンパーに目をやった。何もない。誰一人いる様子がない。

足音が近づいてこないか、耳を澄ませたが、何も聞こえなかった。後方に移動し、そのまま左に回りこむ。

「正面《ちょうめん》よ。右り向かってる」小声だが、語気が強いのはわかる。

車の前方から、足早に砂利を踏む音が聞こえた。

背後にあった大きめの石をトラックの右側に投げる。反応はない。

彼は待った。

それから口を切った。「手詰まりだな」彼はフォアトーク語《リンゴ》で言った。「話しあわないか」

返事はない。

「おれを撃つ理由《わけ》でもあるのか」彼は水を向けた。

やはり返事はない。

トラックの左後部を回り、姿勢をさらに低くしながら、一歩ごとに体重を移動させながら、慎重に進んだ。

「止まって！　あいつ、木の陰り隠れてる。前から撃つ気よ」

彼は銃を左手に持ちかえ、開いたウィンドウに右手を滑りこませた。ヘッドライトを点灯するや、左フロントタイヤに抱きつくようにして体を伏せた。木立からの銃撃は運転席側のフロントガラスに穴を開けた。

銃を手にした男の影が、木の後ろに身を引くのを、レッドは伏せた位置から見た。彼は撃った。幹に寄せた体がぴくりと動くや、ずり下がりはじめた。もう一度撃つと、拳銃を落とすのが見えた。影はそのまま後ろざまに倒れ、動かなくなった。

レッドは立ち上がると、倒れた人影に銃口を向けたまま近づいた。

……黒のトラウザーズ、右の脇腹に開いた穴から血が流れている黒革のジャケット。食堂で見かけた男だ。レッドは男の肩に腕をまわし、頭を支えて抱き起こした。

「なぜだ？」彼は尋ねた。「なぜ、おれを撃った？」

力ない笑みが返ってきた。

「言う気はないね――考えてみな」男は言った。

「隠しても助からないぞ」レッドは言った。

「わかってる」男は答えた。「せいぜい悩むがいいさ」

レッドが男の横面を張り飛ばすと、血混じりの唾が飛んだ。背後で圧し殺した声がした。振り返ると、人垣ができていた。

「言えよ、馬鹿野郎。死にかけても、まだ痛い目に遭いたいのか？」

脇腹の傷の上を、レッドは拳で一撃した。

「おい、誰か止めろよ」人垣から声がした。

「言うんだ！」

男は一度、喘《あえ》ぎ声をあげたかと思うと、長く息をついて、そのまま呼吸を止めた。レッドは男の胸骨に手を当て、繰り返し押しはじめた。

「まだ死ぬな、負け犬が！」

肩に置かれた手を感じ、振り払った。男はもう動かなくなっていた。腕を放して男を横たえると、ポケットの中を調べようとした。

「そういうことはしないほうがいい」背後から声が聞こえた。

何も見つからなかった。レッドは立ち上がった。

「こいつはどの車に乗ってきた？」彼は尋ねた。

静寂の中、小声が交わされだした。「彼はヒッチハイカーだった」と言ったのは、ヴィクトリア朝の紳士だった。

レッドは彼を見やった。死んだ男を見下ろす紳士の目は、かすかに笑っているようだった。

「知っていたのか」レッドが尋ねた。

紳士は絹のハンカチーフを広げ、額を拭った。

「ここで車を降ろされるのを見たものでね」彼は答えた。

「どんな車だった？」

「C20の、黒いキャディラックだった」

「一緒に乗っていたやつは見たか」

紳士は死んだ男を見下ろし、唇を湿すと、また笑みを浮かべた。

「見なかった」

ジョンスンが帆布を持ってきて、死んだ男を覆った。落ちていた拳銃を拾い、ベルトに差した。そして、レッドの肩に手を置いた。

「警報装置は作動している」ジョンスンは言った。「もっとも、警察官がいつ来るかまでは知らせはしないがね。それまで店で待っていてくれ」

「ああ、待たせてもらうよ」

「行こう。部屋と飲み物はこっちで持つ」

「わかった。ちょっとだけ時間をくれ」

レッドは駐車場に戻り、本を取りあげた。

「弾丸《たま》でスピーカーをやられた」息が漏れているような声だった。

「わかった。新しいのをつけてやる。性能のいいやつをな。弾丸を受けさせちまって、悪かったな。あいつの気をそらしてくれたのにも、礼を言うよ」

「役り立てたみたいれ。あいつ、どうちてあらたを撃ったろ？」

「おれにもわからないんだ、〈華《フラワーズ》〉。やつは知られた殺し屋だったんじゃないか、という気がする。たぶん、組織《シンジケート》かなにかのな。もしそうだとしたら、やつの雇い主とおれのあいだに何かあったということになる。だとしても、見当もつかないんだ」

彼は本をポケットに入れると、ジョンスンのあとを追って店に入っていった。

2

青のピックアップ・トラックが出ていくのを見て、ランディは駐車場に入った。

「ここがその場所かい？」彼はスピロズ・モーテルを見やって言った。

読んでいる『草の葉《リーヴズ・オヴ・グラス》』からは目もあげずに、レイラはうなずいた。

「わたしが見たのは、アフリカに戻ったときだった」彼女は言った。「今、わたしたちは現実の時間にいるから、同期がとれるまであとどのくらいかは、わからない」

「翻訳してくれないか」

「彼はまだここに来ていないのかもしれないし、もう行ってしまったのかもしれない」

ランディはハンドブレーキを入れ、車を止めた。

「調べてくるから、ここで待ってて」彼女はドアを開け、本を後部座席に放ると、車を出ていった。

「頼んだ」

「ランディ？」

「なんだい、〈葉《リーヴズ》〉」

「彼女、とても活発ね」

「そうだね」

「いい感じじゃない？」

「まったくだ」

「偉そうだけど」

「ぼくたちがしようとしていることの進めかたを、彼女は知っているんだ。ぼくが知らないことをね。だから、そうは思わない」

「たしかに、そうね……あれは誰？」

胸に大きな十字架をあしらった、薄汚れたチュニックの老人が一人、鼻歌を歌いながら、足をひきずって近づいてきた。老人は真っ黒になったぼろきれを帯から取ると、ヘッドライトとフロントガラスを拭きはじめた。フロントガラスにへばりついた蝶の残骸に唾を吐きかけて親指の爪で剝ぎ落とすと、ぼろでその跡を拭った。運転席まで来ると、ランディに笑いかけ、一礼した。

「よい日和でござるな」

「そうですね」

ランディはポケットを探り、二十五セント銀貨を見つけると、老人に渡した。老人は受け取り、また一礼した。

「かたじけない」

「もしかして、十字軍の人？」

「いかにも左様。元ではござるが」彼はフォアトーク語《リンゴ》で答えた。「いずこでいかに道を間違えたものか、気づいたら戻れなくなり申した。迷うては是非もないことよ。あまつさえ、聖戦は終わり十字軍は勝利した、と音に聞いてな。もっとも、十字軍は負けた、と言う旅人もおったが。勝ち負けはどうあれ、戻るは烏滸《おこ》の沙汰よ――だから拙者はここにおる。そのうち司教様がキャディラックでここをお通りになろう。そのときに従軍の誓いを解いてもらうのだ。それまでは、モーテルの裏に軒を借りて身過ぎを立てるさ。料理人は食事をわけてくれるし」彼はウインクをした。「毎晩一献するくらいの稼ぎもある。これまでで一番楽だ。戦《いくさ》は終わったことだ、もう戦うこともなかろう？」

ランディはうなずいた。

「本当はどうなったか、貴殿も知りはせんだろう」

「何のこと？」

「どちらが勝ったか」

「聖戦で？」

老人はうなずいた。

ランディは鼻をこすった。

「そうだな……歴史の本で読んだかぎりでは、聖戦は大きいのが四度、さほど大きくないのはけっこう何度もあった。だから、どっちが勝ったかと聞かれても、簡単には答えられないな――」

「そんなに何度もか！」

「そう。おじさんたちが優勢だったときもあれば、敵が優勢になったときもある。そのあいだには、寝返りも騙《だま》し討ちもあった。裏切ったり、裏切られたり……。でも、文化交流もおおいに行われたんだ。ギリシア哲学がヨーロッパに戻るきっかけにもなったからね。つまり――」

「細かいことは捨て置け、お若いの。貴殿の時代には、聖地はどちらのものになっていたのか。やつらか、我らか？」

「ほとんど、相手側に――」

「我らが地はいかに？　守れたか、やつらの手に落ちたか？」

「守れました。でも――」

老兵士は笑った。

「誰も勝ちはしなかった、ということだな」

「簡単には言えないところです。誰も負けはしなかった、ということでもあるし。視野を広く持ってみませんか。というのも――」

「利いた口をきくでないぞ。貴殿はよく学び視野を広く持てばよかろう。拙者がその広い視野のために戻ったところで、三日月刀《シミタール》でケツを刺されるがいいところだ。ルイには聖戦を続けさせておけばよかろう。勝ったも負けたもないと知った日にゃ、貴殿らが乗る悪魔の馬車の窓を拭き、稼いだ小銭で毎晩一献していたほうが、来たときに戻るよりずっといい」

「おじさん、歴史は知らないんだろうけれど、言いたいことはわかるよ。でも、それが正しいとは――」

「何が正しいかなど知ったことか！　運が良ければ、貴殿はこの〈道《ロード》〉で、拙者みたいなやつに会うかもしれん。そのときは、そいつに歴史とやらを教えてやるがよい」老人は銀貨をぽんと投げ上げ、宙で受け止めた。「達者でな、お若いの」と言うと背を向け、足を引きずって去っていった。

ランディはうつむき、レイラが落としていった葉巻に目をとめた。

「面白いな……」彼はつぶやいた。

後部座席で〈葉《リーヴズ》〉が静かに唸った。それから「心配事がありそうね」と尋ねた。

「たぶんね。自分でもわからないんだ。なぜ、そんなことを？」

「あなたの心拍数、代謝、血圧、呼吸を測定していたから。どの数値も上昇している。だからよ」

「となると、きみに隠し事はできないな。今考えていたのは、十字軍が聖戦に向けた熱意は、破れた恋の思いと同じで、地質時代の長さを思えば一瞬にすぎないってことさ」

「それはそうね。でも、岩でも氷河でもないあなたが考えて、何が変わるの？」しばし間をおいて「最近、そのような関係を解消した、ということ？」

「まあ、そうとも言えるね」

「たぶん、悲しいことなのね。でも、場合によっては、そうではないのかもしれない。あなたは――」

「いや」彼は言った。「たいしたことじゃない。長続きはしないとわかっていたしね。まあ、淋しくはあるけれど……こんなこと話すなんて、ぼくは変だな」

「誰だって話し相手が欲しいものよ。そんなときほど気をつけないとね。何かをなくしたあとは、新しいものを見つけて空いたところを埋めようとする。早く埋めたいばかりに、正しい選択ができなくなる。そういうもの――」

「レイラが戻ってきた」ランディが言った。

「あら」

互いに黙った。

ランディは葉巻をふかした。ボンネットに映る雲に目をやる。駐車場いっぱいに停まっている車を見やると、交通博物館にでもいるような気がしてきた。

「彼女の接近は感知できない」しばらくののち、〈葉《リーヴズ》〉が言った。

「ごめんよ。勘違いしたみたいだ」

またも黙りこんだ。間をおいて〈葉《リーヴズ》〉が言った。「ごめんなさい、ランディ。よけいな口出しをして」

「かまわないさ」

「言いたかったのは――」

「彼女が戻ってきた」

「わかった。わたしはただ——忘れて」

レイラは車に乗りこむと、音を立ててドアを閉めた。ランディの手から葉巻を取りあげた。深々と一服すると、シートに寄りかかった。

「見つけられ——」ランディが口を切った。

「黙って。今、バンパーがぶつかるくらい近くにいるはずなの。でも、あっちは行先を誰にも言わなかった。見つけないと」

レイラの視線が煙越しに動くのがわかった。彼女の顔はしばらく無表情だったが、ランディが見ているあいだに、突然何かの感情が動きだした。

「エンジンをかけて！　行こう！」その声は命令だった。

「どこへ？」

「〈道《ロード》〉を下るの。脇道はあれば気づくはず。出発よ！」

彼はバックで駐車場から出ると、向きを変えて出口に向かった。

「やっとわかってきた……」

「何が？」

「わたしたちが何なのかが」と言って、レイラはランディに葉巻を渡した。

ランディはアクセルを踏み、車を加速させた。

1

ベッドから起き上がると、レッドはベストを摑んだ。

「おい！　まったく、たいした煙報知器だな」

「やっぱり故障《こちょう》ちてると思う」

彼はベストのポケットから小型の懐中電灯を取り出した。部屋を照らしてみたが、煙は見えなかった。立ち上がってドアに近づく。立ち止まり、臭いを嗅いだ。

「動かないほうがよたとう……」

ドアを開け、廊下に踏み出してまた鼻を利かせると、左に向かった。

わかった！　隣の部屋だ！

隣のドアに駆け寄り、ノックし、開こうとノブを回した。錠が下りている。

「起きろ！」

一歩下がると、ノブの脇を強く蹴った。ドアが開いた。煙が流れ出してくる。駆けこむと、火の上がっているベッドで女が一人、笑みを浮かべたまま眠っていた。

火の中から女を抱き上げると、部屋を横切った。くすぶる寝間着の女を床に横たえ、敷物でベッドの火をはたいた。

「ねえ！」女が声をあげた。

「静かにしてろ」彼は言った。「今は手が離せない」

女は立ち上がったが、寝間着はまだくすぶっていた。気づいていない様子で、火と闘うレッドを見ていた。そのうち寝間着の前の裾から火が上がったが、女はそれを見下ろすばかりだった。どうということもない、と言いたげな仕草で首の後ろの紐をほどき、寝間着を床に落とした。そして、燃える輪から踏み出した。

「何してるの？」女が尋ねた。

「おまえが起こした小火《ぼや》を消してるんだ。寝煙草でもしたのか？」

「そう」女は答えた。「飲みながらね」

女はベッドの脇に屈みこんだ。酒の瓶を拾い上げた。

「ほっとけばいい」と言った。「一杯やりなよ。燃えるのを見ながら」

「レイラ、邪魔しないでくれ」

「はあい、レイド。おおせのままに」

レイラは離れると大ぶりな椅子に掛け、部屋を見わたしてまた立ち上がると、ドレッサーの上に灯してあった燭台の火をオイルランプに移して、ゴブレットを一つ手に取った。それから、椅子に戻った。

急《せ》いた足音が廊下を近づいてきた。足音は勢いをゆるめ、停まった。

「何かありましたか」ジョンスンが声をかけ、咳《せ》きこんだ。

「火事はベッドだけだ」レッドは答えた。「もう消しとめた」

「持ち上げられるようだったら、窓から投げ出してくればいい。下は砂利だけだから」

「了解。放り出しておくよ」

「十七号室が空いています、レイラ様。そちらにお越しください」

「ありがとう。でも、この部屋がいいわ」

レッドは窓際に行き、雨戸を全開した。ベッドに戻るとマットレスを巻いて抱え、一面に星がまたたく窓辺へと運んだ。

「新しいベッドをマットレスをご用意します」

「あと、お酒をもう一本ね」

ジョンスンは部屋に一歩踏みこんだが、咳きこんですぐに廊下に出た。

「かしこまりました。それにしても、この煙の中、よく息が詰まらないものだ」

レッドは窓から外を見た。レイラはボトルの栓を抜いた。ジョンスンの足音が遠ざかっていった。

「レイド、飲まない?」

「ああ」

彼はレイラに歩み寄った。彼女はゴブレットをレッドに渡した。

「乾杯」と言うと、レッドは口をつけた。

レイラは鼻で笑うと、ボトルの口から酒を飲んだ。

「おい、レディのすることじゃないぞ」レッドが言った。「グラスを使いなよ」

彼女は声をあげて笑った。

「気にしないで。これが性に合ってるから――健康を祈って、乾杯。ところで、どう？」

「どうって、酒か、おれの体調のことか？」

「どっちでも」

「良くもあれば、悪くもある。どっちでもありだな。レイラ、こんなところで何を？」

彼女は肩をすくめた。

「飲んでる。ちょっとした仕事もするけど。あんたのほうは？　まだ〈道《ロード》〉を行ったり来たりして、〈道標《マーク》〉のない脇道を探しているの？　それとも、脇道を開こうとしているとか」

「お察しのとおりさ。おまえはどこかに道を見つけて、好きなときに行っちまったと思ってた。ここで会った日にゃ――なんて言えばいいのかな――拍子抜けだな」

「わたしにはわたしの道がある、」彼女は言った。「ってことよ」

彼はベストのポケットから葉巻を出すと、燭台で火をつけた。

「一本くれる？」

「ああ」

レッドは手にした葉巻をレイラに渡すと、もう一本取り出し、また火をつけた。

「なぜ、こんなことを？」彼は尋ねた。

葉巻の煙が彼女の頭上高く昇っていった。

「こんなことって？」

「何もせずここにいることさ」彼は言った。「望みはあるのに、ここで無為に過ごしていることさ」

「訊かれたら答えないとね」彼女は酒をもう一口飲んだ。「わたしは〈道《ロード》〉を、新石器時代からC30まで行ったり来たりしていた。脇道にも小道にも獣道にも、目につくかぎり入って先に行ってみた。だからもう、数えきれないほどの場所で、数えきれないほどの名前で知られている。でも、どこに行っても、わたしの探している、あんたも探しているものは、見つからなかった」

「近くにあるような気がしたことはなかったか？　あるようには感じなかったか？」

彼女は身震いした。

「感じたことはあった――すぐ近くだったことも、他のどんな感覚とも似ていない、と思ったこともほかなかった」

――でも、どれも違っていた。どれもね。探していたところはもうどこにも存在しないんだ、と思う
「あらゆるものはどこかに存在しているさ」

「でも、そのどこかには、ここからは行けない」

「まさかね」

「だったら、教えてよ。それだけの価値があるの？　いつだって、どこにだって行けるのに、なんだって好きなこともできるのに、人生を費やしてまで探す価値があるものなの？」

「稼いだ小銭で酒に酔い潰れたり、寝煙草でベッドに火をつけるのが、好きなことか？」

彼女は煙の輪を吐き出した。

「そう、今はなんにもしていない——あんたの言うとおりよ——もう一年もね。気楽に過ごしてきた。でも、結局は同じこと。何もしないでいることに力を使い果たした。心底、怠け者なのね。でも、成果のない冒険なんて、しないに越したことはない。あんたもここで気楽に過ごせば？　これまでがんばってきたのに、何も手に入らなかったじゃない。同じ苦労をした者同士、労《いたわ》りあわない？」

「性に合わないな」彼が言うと同時に、従業員たちが新しいベッドと寝具と、酒のボトルを運んできた。

二人は葉巻をふかしながら、従業員たちが立ち働いているのを黙って見ていた。かれらが去っていくと、彼女は言った。「お金がふんだんにあって、長く眠っていられるなら、人生は最高よ」

「おれは、金と眠りのあいだにあるものにも興味がある」彼は言った。

「でも、何を得たの？」彼女は尋ねると、立ち上がった。「命を狙われただけじゃない」

そのまま窓辺に行き、外を見る。

「何の話だ？」彼は尋ねた。

「べつに」

「どうしたんだ。何か見たのか？」

「何か見えたなんて言ってないわ」彼女は向き直った。「新しいベッド、試してみない？」

「話をそらすな。おまえの目がおれより利くのは知ってる。教えてくれないか」

彼女は窓枠に腰かけ、ボトルからぐいと一口飲んだ。

「窓から離れろ。落ちるぞ」

「相変わらず兄貴ぶってる」と言いながら、彼女は窓を離れ、ベッドに腰かけた。

ボトルを床に置き、葉巻をふかすと、視野を煙で覆った。

「見える……」と彼女は言ったが、それきり黙った。

「何が見える？」レッドが尋ねた。

「あんたは霧の中にいる。霧は濃くて、その先に進むと死の危険がある。でも、あんたは死にたいみたい。十羽の黒い鳥があんたを追っている」声を低めて続けた。「一羽減った……」

「〈黒の十殺〉か！」彼は声を圧し殺した。「誰の差し金だ？」

「大男」彼女は言った。「というより、巨漢と言うほうが似合う。そばには詩人が……そう、詩人がいる。そう、その男よ！」

「チャドウィックだ」

「でぶのチャドウィック、ね」彼女が付け加えた。

レイラは煙を吹きはらうと、ボトルを取りあげた。

「なぜ、いつ、どのように？」レッドは尋ねた。

「それだけしか見えなかった。これでおしまい」

「チャドウィックか」レッドはゴブレットを空けた。「わからなくはない。動機があるやつは多いが、手段のあるやつは数えるほどだ」彼はいったん、言葉を切った。「トニーは知っていて、おれに伝えに来たんだ。やつはもう、おれのことを追っ手どもに知らせているだろう……となると、警察もあてにはできないな。だが、あてにできるやつなんているか？　あのゲームは合法だしな」

彼は立ち上がるとボトルを取り、ワインをゴブレットに注いだ。

「これからどうする気？」彼女が尋ねた。

彼はワインを一口飲んだ。

「先に行くだけさ」

彼女はうなずいた。

「それがいい。一緒に行く。わたしの手が必要になるから」

「構うな。今はいらない。感謝はしている」

レイラはボトルを手に取ると、窓の外に投げた。緑の眼が光った。

「強がらないで。わたしは今でも、あんたの知り合いの中で一番タフなんだから。役に立つのは知ってのとおりだし」

「こんな場合でなかったら、最高の申し出だよ。だが、今のおれは〈黒の十殺〉の標的だ。どっちかが生き残らなければならない。報復のためだけだとしても」

彼女はベッドに転がった。

「好きでしていることじゃない。本当は、わたしに一緒にいてほしいんでしょう？　すべてがわたしのところに集まってきてるんだし」彼女は言った。「寝とかないと。あんたはわたしの言うことを聞く気がないだろうけど、わたしもあんたに従う気はない。好きにするがいいわ、レイド、わたしも好きにするから。おやすみなさい」

「おれの言うことを聞いてくれよ！」

彼女はいびきをかきはじめた。

レッドはグラスを空け、明かりを消すと、ゴブレットをドレッサーの上に置いた。後ろ手にドアを閉め、自分の部屋に戻ると、着替えはじめた。

「火事は？」

「心配ないよ、〈華《フラワーズ》〉。ここを出るぞ」

「どうかちた？」

「すぐに出るんだ」

「ゆうべのことは、警察《けいさつ》に知《ち》らてた？」

「いいや。知らせたら面倒が増えるだけだ。ゆうべの男は頭がおかしかったんじゃない。おれは〈黒の十殺〉の標的にされてるんだ」

「それって何《らり》？」

彼はブーツを履き、紐をしめた。

「復讐ゲームみたいなもんさ。おれの敵は十回まで、合法的におれを殺すことができる。十回とも失敗しないかぎりゲームは終わらない。いわば人間狩りだな。ゆうべの男はその一人目だったんだ」

「反撃はできらい？」

「できる。敵がどこにいるかわかればね。だが、おれは探すくらいなら逃げる。〈道《ロード》〉は長いからな。ゲームのほうも一生続くかもしれないが」

「警察《けいたつ》は何《らり》もちらいろ？」

「何もしない。公式のゲームに手出しはできないことになっている。〈黒の十殺〉はゲーム委員会の管轄下だからな。もし仮に警察が口を出せたとしても人手は足りないし、警察官のほとんどはC23やC25から集めてきた連中だ。文明が進みすぎたところから来ているから、こういうことにはたいして役に立たない」

「だったら、〈道《ロード》〉を警察《けいいたつ》権力の強いときまで行って、ゲームの追っ手を取り締《ち》まればいい」

「いや、敵もそれくらいのことは知っているから、いつに行っても警察を手なずけているだろう。トニーが伝えたかったのは、たぶんそういうことだ。それに、あいつらの主な仕事は交通規制だからな。よし、〈道《ロード》〉を遡《さかのぼ》るぞ」

「誰が仕掛《ちか》けたかは知《ち》ってる？」

「ああ、古い知り合いだ。昔は仕事の相棒だった。さあ、行くぞ」

「でも――」

「静かにしろ。誰にも気づかれないように」

「料金は踏み倒ち？」

「昔はよくやったものさ」

「わたちと会う前でちょう」

「気にするな。もともとこんな男だ」

レッドは音を立てないように、後ろ手にドアを閉めると、裏階段に向かった。

「レッド？」

「しいっ！」

「とればっか。どうちて居場所《いばちょ》を知《ち》られたと思う？　ここに寄る予定はらかったんらけど」

「おれにもわからん」彼は声を抑えた。

「――最後《たいご》にどこで給油ちたかを知っていて、とのあと立ち寄る可能性《かのうてい》のあるつべてのところを計算《けいたん》ちていらいかぎりは」

「立ち寄るすべてのところ？　まさか！」

「可能性《かのうてい》のあるところよ。とのタドウィックって人、とれくらいはできるでちょう」

「まあな……」

「目論見を読まれて、最初《たいちょ》の男が失敗《ちっぱい》ちたらら、との人はレッドを追うのに、さらに手間をかけらくてはららい」

「まさにそのとおりだ。だが、やつはおれのことをよく知ってる。やつがもし、あそこでトニーたちにおれの積み荷を没収させるよう仕向けたのなら、おれが次に車を停めたところで考えるのに時間を取ると読んでいてもおかしくはない」

「あり得るわ。で、反撃に出る気ね」

「反撃？　次に車を停めれば二番手が来る、その次には三番手、きりがない」

「まちがいらく来るとは限らいでちょう？」

「まあ、おまえのほうが正しいかもな。それともおれが今しがたまで、目の前のことに気をとられすぎていたのか。おれを殺すはずだったやつが、仕事を終えたあとの集合場所に来ていなかったとする。そいつがおれに殺されたと知ったら、仲間たちはどうすると思う？」

「難ちい問題だわ」

「そのうちの誰かが今、外で待ち伏せしているかもしれない」

「とれはあり得るわ。裏口を固めているかも」

「たぶんね。だから、外を見て安全を確かめたら、木立まで全力で走る、と考えてみる。だが、裏口よりも木立や自分の車の中から、おれのピックアップを見張っているほうが、可能性は高い。そこで、木立を迂回していくことにする」

ドアの前まで来て、重いうえに窓がないと知ったレッドは悪態をついたが、細く開けて外をうかがった。それから、もう少し開くと……。

「誰もいないようだ」彼は言った。「着くまで何も言うな——警告のほかは。イヤフォンがあればよかったか」

「わたちのツピーカー、早く直《らお》ちてれ」

「先に行けたら、フロントガラスを交換するときに一緒に修理してもらう。心配するな」

ドアを開き、身を隠せる木立までの十五メートルほどを走った。木立に着くと、いちばん近くの木の陰に回りこみ、根元に屈んだ。しばらくは息を荒くつきながら、動かずにいた。

何も起きない。銃声も、叫ぶ声も、動きの気配さえない。指先で道をたどるように、ゆっくり這い進んだ。しばらくして右に進路を変えると、ホステルの裏手に回った。レイラの部屋の窓は暗いままだった。焼けたマットレスの臭いがした。

駐車場が見渡せるところまで進んだ。半月と星の光で見たかぎりでは、レッドが停めたあとで来た車はないようだった。彼は木立の中にとどまり、自分を撃とうとした男が倒れたあたりに向かった。

男は死んだところに横たわったままで、覆った帆布には石が置かれていた。レッドは拳銃を手にしたまま、死体の脇に屈みこみ、自分のトラックを見張った。五分が過ぎた。十分が……。

彼はトラックまで走った。まわりを一周して不審なものがないか調べると、運転席に入った。ダッシュボードの下に本を入れると、イグニション・キーを差しこんだ。

「駄目！　キーを回さらいで」

「どうした？」

「今、電気系統に弱い電流を流《らが》ちてみた。余計ら抵抗がある」

「爆弾か？」

「たぶん」

レッドは悪態をつきながら車を降り、ボンネットを開けた。懐中電灯で照らし、中を調べる。しばらくして、音をたててボンネットを閉めると、運転席に戻ったが、まだ悪態をついていた。

「爆弾だった？」

「まさにね」

レッドはエンジンをかけた。

「で、どうちた？」

「木立に投げておいた」

彼はギアを入れてトラックをバックさせると、方向転換して駐車場を出た。そのあとはガソリンを補充するまで、車を止めなかった。

2

彼が車を停めたのは、ほんの数日離れたあたりの駐車場だったが、実際はいくつもの時代を隔てていたことだろう。目を惹くほどの長身痩軀で、高い額の上には長い黒髪が乱れ、その出で立ちたるや、アビシニアの山の中で見るには派手なものだった。軍用のトラウザーズも、シャツも紫で、革の軍靴もベルトも紫に染めてあり、大型の背嚢《はいのう》までもが紫だった。驚くほどに長い指に、アメジストの指輪がいくつも並んでいる。風に寒がるそぶりも見せず、岩だらけの山道を行くその姿は、遍歴の旅の途上にある若きロマン派の詩人のようにさえ見えたが、今いるのは十九世紀を八百年後の未来に望むと、きだ。彼は痩せこけた顔に眼だけを輝かせ、見過ごしそうな道標《みちしるべ》を探しては見つけた。一日じゅう足を止めることはなく、食事をとるのも歩きながらだった。そんな彼が立ち止まったのは、遠く望む二つの山頂が一線上に並び、旅の終わりが近いことを示したからだった。

数百メートル先で、道は平らな土手のようになって幅を広げ、山腹に向かい延びていた。彼は道に沿って足を進めた。平坦なところに出ると、さらに低地を目指した。先に進むと、道の両脇は切り立った岩の壁になった。

しばらく歩き、木の門を抜けると、小さな谷あいの土地に出た。牝牛が何頭も草を食《は》んでいる。その先には貯水池があった。並んだ洞窟の入口の一つには、そばに牝牛たちを入れる木囲いがあった。すぐそばに、背の低い禿頭の、肌の黒い男が座っていた。おそろしく太っており、轆轤《ろくろ》を足で踏んで回しながら、その上に置いた粘土のかたまりを、分厚い両手で形作っている。

男は顔を上げ、アラビア語で挨拶をした見知らぬ旅人に目を向けた。

「……あなたに平和がありますように」男は同じ言葉で応えた。「こちらでお休みください」

紫の服を着た旅人は、男に歩み寄った。

「ありがとう」

彼は背嚢を下ろし、陶工の前に座った。

「ぼくはジョンといいます」彼は言った。

「……私はマンダメイという陶工です。失礼。ご無礼をはたらく気は毛頭ないのですが、壺作りは途中では止められないもので。ちゃんとした形になるまで、あと何分かを要します。済んだらすぐに、食べものと飲みものをご用意いたします」

「どうぞおかまいなく」旅人は笑顔で応えた。「名工マンダメイのお仕事をそばで見られるのは光栄です」

「私をご存じでしたか」

「あなたの壺を知らない者はいません——どれも完璧に形づくられ、釉薬で見事な色に焼きあげられていますから」

マンダメイの顔は微動だにしなかった。

「お心遣いに感謝いたします」彼は応えた。

しばしののち、マンダメイは轆轤を止め、立ち上がった。

「失礼」

マンダメイは足を引きずるようにして歩いていった。ジョンは紫の上着のポケットに長い指先を差し入れ、陶工が行く先に目を向けた。マンダメイは洞窟に入っていった。少しして、覆いをかけた盆を手に戻ってきた。

「パンとチーズと牛乳をどうぞ」彼は言った。「御一緒できない失礼はお許しを。先ほど食べたばかりなもので」

体つきにしては優雅な仕草で、彼は旅人の前に盆を置いた。

「夕餉《ゆうげ》には山羊を一頭つぶしましょう――」と、彼は言いかけた。

ジョンの左手が目にもとまらぬ速さで動いた。驚くばかりに細長い指が、マンダメイの右肩甲骨の下に刺さった。そして、皮膚を一片、大きく剝ぎ取った。露出した金属面に、右手に持った水晶の小さな鍵を近づけた。鍵は鍵穴に収まった。彼はそのまま回した。

マンダメイは動かなくなった。前屈みのままの体のどこかから、鋭い音がカチカチと聞こえてきた。

ジョンは手を放すと、間合いを取った。

「きみはすでに陶工マンダメイではない」彼は言った。「きみは部分的ではあるが起動した――ぼくが起動させた。起立せよ」

静かな振動音が、ときどきパチパチという音を交えて、人の姿をしたものから聞こえてきた。それはまっすぐに立ち上がると、また動きを止めた。

「人の仮装を取り去れ」

目の前のものは、両手をゆっくりと後頭部まで上げた。手はしばらく止まっていたが、前に向かって動きながら人造の肉体を剝ぎ取り、無数のレンズを装着した階段状のピラミッドのような金属の内部を露出させた。続いて両手は首に移動し、両側を摑んで下に引き下げた。さらに金属の内部が現れた。配線が、奥で小さな光が瞬く水晶の窓が、金属板や配管や骨組みが見えてきた。

二分もたたないうちに、肉体の偽装はきれいに取り除かれ、マンダメイとして知られていた存在は輝く体に閃光を走らせ、金属音を立てて、長身の男の前に立っていた。

「ユニット1にアクセスする」男が言った。

機械の胸から、レジスターが開くように、幅の狭い引き出しが押し出されてきた。ジョンは身を屈め、アメジストの指輪をきらめかせながら、中の制御装置を調整しはじめた。

「なぜ、私を起動したのですか」マンダメイが尋ねた。

「きみは今、完全に起動し、ぼくに従う。間違いはないだろう？」

「おっしゃるとおりです。なぜ、私を起動したのですか」

「ユニット1、アクセス終了。姿勢を戻し、ぼくが来たときにいたところに立ってくれ」

マンダメイは従った。ジョンは座ると、食事をはじめた。

「なぜ、きみを起動させたか」しばらくの間をおいて、彼は言った。「それは」独り言のような口調だった。「現時点で、きみが何であるかを知っているのは、ぼくしかいないからだ」

「私には多くの欠陥があります……」

「それは承知の上だ。平行する複数の未来がありうるか否かは、ぼくは知らない。が、ぼくがいた時点からは複数の過去が平行しているのを知っている。すべてに行けるわけではないが。脇道は通る者がいなくなれば元の荒れ野に戻る。〈時〉はいくつもの入口と出口、本線と側道があるスーパーハイウェイであり、地図は絶え間なく変化し、入口を見つけられるのは限られた者だけだ。知っていたか？」

「私は知っています。が、入口を見つけられる者ではありません」

「なぜそう言いきれる？」

「私を尋ねてきた旅人は、あなたが最初の一人ではありません」

「そうだろう。太古の昔この地球を、別の文明をもつ生物が訪れて、さまざまな創造物を遺していったという仮説は、ぼくのいた脇道では小賢《こざか》しい連中が笑いものにするばかりだが、きみのいる脇道では真実であると知っている。きみもその創造物なのだろう？」

「おっしゃるとおりです」

「そして、きみは驚くまでに精緻な戦闘機械だ。ウイルス粒子一つから惑星全体まで、破壊できるように作られている」

「おっしゃるとおりです」

「きみは作り主に置き去りにされた。この地球にはきみの機能を理解できる者はいないので、姿を変えて静かな生活をおくってきた。合っているかな」

「相違ありません。どのようにして私のことを知り、起動に必要なコマンドキーを手に入れられたのですか」

「ぼくの雇い主は博識だ。この〈道《ロード》〉での生きかたを教えてくれたくらいだからね。きみのことも教わったし、キーも貰った」

「あなたが私を見つけ、起動させた目的は？」

「旅人に会ったのはぼくが最初ではない、と言っていたね。もちろん、そうだろうし、ぼくの前にきみが会ったのが誰かも知っている。レッド・ドラキーンという名も、この脇道をたどってきみを探しにくることも。ぼくは多額の金を必要としていて、やつを殺せばそれに見合うだけの賞金が得られる。ただ、暴力にかかわるときは、人間であれ機械であれ、かわりに手を下す者を選んでいる。きみはこの仕事でのぼくの代理だ」

「レッド・ドラキーンは私の友人です」

「知っている。だから、彼がきみに疑念を抱く理由もない。さらに――」ジョンは背嚢を探り、薄い金属の箱を取り出した。開いて、中にあった二つのつまみを調整した。箱は甲高い電子音を発しはじめた。「彼はつい最近、フロントガラスを交換した」と言うと、手近な岩の上に受信機を置いた。「そのときに、彼の車にごく小さな発信機を忍ばせておいた。いまや、彼がこの脇道に入ってくるのを待っているだけでいい。居場所はすぐに掴めるから、どこでも好きなところで始末できる」

「私はこの仕事であなたの代理をすることを望みません」

ジョンは食事の手を休めて立ちあがり、マンダメイの前まで足を運ぶと、彼が先ほどまで作っていた壺を叩き潰した。

「きみの希望は話の外だ」ジョンは断言した。「ぼくに従うほかに、きみの選択肢はない」

「たしかに」

「いかなる形であれ、ドラキーンに警告してはならない。わかったか」

「わかりました」

「ならば、この件についての議論は終わりだ。きみは命令に従い、すべての能力をもってこたえるのだ」

「了解しました」

ジョンは盆の前に戻り、食事を再開した。

「あなたには思いとどまっていただきたい」しばしののち、マンダメイが言った。

「もっともな話だ」

「あなたの雇い主がなぜ彼を殺そうとしているのか、ご存じですか」

「知らない。それは雇い主の問題だ。ぼくには関係ない」

「このような通常でない仕事を依頼されるということは、あなたはきわめて特殊なものをお持ちなのでしょう」

ジョンは笑顔になった。

「ぼくの腕前が気に入ったのだろう」

「レッド・ドラキーンについて知っていることは？」

「見た目を知っている。この脇道を来ることも」

「あなたはまちがいなく、その道のプロフェッショナルであり、雇い主は標的を確実に仕留めようとして選んだ、と……」

「まちがいない」

「その理由に疑問はありませんでしたか。標的をそこまで慎重に狙うのはなぜか、と」

「そのことか。彼は自分が狙われていると気づいているに違いないから、ぼくに頼んだ、という話だった」

「何かあったのですね」

「ついこのあいだ、とはいっても彼の時間でだが、仕留めようとしてしくじったやつがいた」

「どのような失敗を？」

「不慣れなやつがへまをしたと聞いた」

「その自称暗殺者はどうなりましたか」

紫の服の男はマンダメイに鋭い視線を向けた。

「レッドに殺《や》られた。ぼくとは比べものにならない小者だったのはまちがいない」

マンダメイは黙っていた。

「ぼくも同じ目に遭うだろう、と思わせて、怖じ気づかせようとするなら、無駄なことだ。ぼくが怖れるものなど、まずないからな」

「見上げたものです」マンダメイは言った。

ジョンはそれから一週間、マンダメイのもとに滞在し、繊細な造形の壺を五十六箇も壊してみせたが、かの忠実なる機械には何も感じさせることがないと知るだけに終わった。手ずから壊すように命じても、感情に類する反応を見せることもなく、彼は自分の支配下に置いたこの機械に苦痛を与える実験を諦めざるを得なかった。ある午後、受信機が鋭い音をたてた。ジョンは急いで受信機を調整し、表示を読み、さらに調整を加えた。

「彼はここから三百キロメートルの地点にいる」ジョンは明言した。「体を洗って着替えたら、決着をつけに行く。彼のいるところまで、ぼくを連れていけ」

マンダメイは応えなかった。

1

「レッド、あの修理所で会った医者《せんせい》だけど——ちょっと気になることがあって——ちょっと！　待ってよ！　何人もから命を狙われてるってときに、ヒッチハイカーを拾おうっての？」

「新しいスピーカーはちょっとうるさいぞ」

彼は車を路肩に寄せた。前触れもなく、雨が降りだした。黒いスーツケースを持った、くしゃくしゃな髪の小柄な男が、にかっと笑ってドアを開いた。

「どこまで行くところですか」高い声で尋ねた。

「5Cくらい先だ」

「そうですか。かまわないや。雨に降られるよりはずっといい」

男は助手席に乗りこみ、スーツケースを膝の上に置いてバランスを取りながら、ドアを閉めた。

「どこまで行く？」車を道に戻しながら、レッドが訊いた。

「ペリクレース時代のアテネに。ジミー・フレイザーと言います」

「おれはレッド・ドラキーン。長旅になるぞ。ギリシア語は得意なのかい」

「ここ二年かけて勉強しました。たまらなく旅に出たくて。——あなたのことは聞いていますよ」

「いいことかい、悪いことかい？」

「どっちも。どっちでもないことも。警察に見つかるまで、武器を運んでいたんですってね」

レッドが横を見ると、男の黒い目はまっすぐ自分に向いていた。

「まあ、な」

「立ち入った話をする気はなかったんです」

レッドは肩をすくめた。

「まあ、隠すことでもないが」

「面白いところには、ずいぶん行ってるんでしょう」

「ちょっとはね」

「変わったところにも」

「ほんのたまにだが」

フレイザーは手で髪を整えると、バックミラーで自分を見て、ひと息ついた。

「ぼくはこの〈道《ロード》〉を行き来したことは、ほとんどないんです。クリーヴランドの一九五〇年代と一九八〇年代を行き来するくらいで」

「何をしている？」

「本業はバーテンダーです。でも、五〇年代で品物を買い付けて、八〇年代で売っています」

「目のつけどころがいいな」

「稼ぎもいいんですよ。――〈道《ロード》〉で強盗に遭ったことは？」

「ないね」

「この車はしっかり武装しているとか」

「特にしちゃいない」

「しておいたほうがいいと思いますよ」

「見当外れだな」

「いきなり出くわすこともありますから」

レッドは葉巻に火をつけた。

「そのときゃ、死ぬかもな」

フレイザーは笑った。

「そんな」

レッドは右手をシートの背もたれに伸ばした。

「おい、強盗する気なら、あいにく積荷はないぜ」

「ぼくが？　強盗なんかじゃありませんよ」

「だったら、くだらないことを訊くのはよせ。仮定した状況で何をするかなんて、自分にだってわかるものか。そのときにできることをする、それだけだ」

「すみません。調子に乗ってしまいました。冒険者を相手にしていると思うと、つい。どこから来たんですか」

「知らないね」

「知らない、というのは?」

「帰るところを知らない、ってことさ。昔は本街道だったと思うが、時とともに脇道に変わり、忘れ去られて、今じゃ歴史にも残っていない。探しはじめたときはもう手遅れさ。とうに閉じてしまったんだろう。伝説にすらならなかった」

「そこの名前は?」

「焦げ臭くないか」

「あなたの葉巻でしょう」

「おれの葉巻か! どこだ?」

「さあ、どこだか——あった。私の背中とシートのあいだです」

「火傷《やけど》しなかったか?」

「いえ、たぶん大丈夫かと。上着は焦げたかもしれませんが」

レッドは葉巻を受け取り、フレイザーの背中を見た。

「悪かった。運がいいな」

「いえいえ、そんな……」

「レッド!」〈華《フラワーズ》〉の声が割りこんだ。「警察の車が来る」

フレイザーが身じろぎした。

「何事ですか」彼は言った。

「一分以内に視野に入る」

レッドはバックミラーを見た。

「事故現場に行ってくれればいいんだが」レッドはつぶやくと、フレイザーに目をやった。「示し合わせということもあるか」

「警官相手になんて、魔法でも使わないかぎり――」

「……もう見えるころよ」

「レッド、今の声はどこから？」

「うるさい、静かにしろ！」

「魔物どもは信用できない！」フレイザーは宙に印を描きはじめた。指の動きに合わせて炎が走る。

「レッド、こいつ何してるの？」〈華《フラワーズ》〉が尋ねた。「光学スキャナーに――」

レッドは右にハンドルを切ると、路肩でブレーキを踏んだ。

「おれの車で魔法など使うな！　おまえ、C20の脇道のどこかから来たんじゃないな。何をするつもりだ？」

警察の車はピックアップ・トラックを追い越すと、すぐ前に停まった。夕暮れの空は灰色で、〈道《ロード》〉の右手の森は雪に覆われている。

「おい、答えろ――」レッドの声を背に、フレイザーはドアを開いて車から飛びおりた。

「一体どうやって、こんなことを――」彼は言いかけた。

警察車輛から下りてきた警察官には見覚えがあったが、レッドはその名までは知らなかった。

「――でも、失敗でしたね」フレイザーは近づいてくる警察官に目を向けた。「ぼくも失敗しました。考えるまでもない……」

ドアが音をたてて閉まった。トラックは砂利を蹴散らしてバックした。ハンドルを左に切ると、エンジン音が次第に間を詰め、おぼろな景色が後ろに飛んでいった。〈道《ロード》〉上空の陽光は白く、金色の光輪に囲まれていた。

「〈華《フラワーズ》〉、なぜ勝手なまねをした？」

「あの状況下の損益を分析したら赤字だったのよ、レッド。それでも、わたしがあんたの命を救える確率は六〇パーセントはあった」

「追ってきた警察官は本物だった」

「運の悪い人たちね」

「あのハイカー、そんなに危険なやつだったのか」

「考えてみて」

「考えてはいるんだが、何者だったのか、さっぱりわからない。チャドウィックがあんなやつを雇うとはね」

「あの男は別よ、レッド。刺客じゃなかった」

「なぜ、そう言える？」

「もし雇われていたなら、説明は受けていたはず。でも、あの男はわたしのことも知らずにいた。チャドウィックは何も知らない刺客を送ってよこすほど馬鹿ではないでしょう」

「まったくだ。その考えは正しい。戻らないとな」

「それはお奨めしない」

「今度はおれが勝手をさせてもらう。次の分岐点《ランプ》まで行く。そこで反対車線に乗って戻る。このルートに戻るのはそのあとだ。知らなければならない」

「なぜ？」

「ただ行くだけだ」

「はい、仰せのままに」

空の光が明滅しはじめ、トラックは減速すると、右に寄って分岐点《ランプ》に入った。レッドは眉をひそめ、指先で宙に何かを描くと、それをメモに筆写した。

「わかった」対向車線に入ったところで、彼は言った。

「何が？」

「人生は面白いってことがさ。急ぐぞ」

「あいつを捕まえるつもり？」

「いや、もういないだろう」

「たぶん、そうね」

分岐点《ランプ》を下り、〈道《ロード》〉の下を抜けて、また上がった。

「まだ二、三分しかたっていない。あそこね。警察の車がまだ停まってる。そこで停まる気？」

「当然さ」

車を路肩に寄せながら、涙滴形の警察車輛の後ろに停めた。レッドは車を下りて歩いた。近づくにつれ、焼けたシートの臭いに混じって、肉の焼けた臭いがしてきた。警察車輛の右側のドアは開け放たれていたうえ、少し歪《ひず》んでいた。中はすっかり焼け落ちている。フロントシートに横倒しになった死体は、銃を手にしたまま黒焦げになり、バッジまでが焦げていた。もう一人の警察官の死体は、車の前の路上に倒れていた。タイヤは溶け、車の後部は引きちぎられたように開いていた。レッドは数回、車の前から後ろまでを行き来した。

右手の、雪の積もった草地に、フレイザーのスーツケースが開いたまま転がり、中身がこぼれ出していた。ディルドや避妊具や、拘束具や責め道具を見て、レッドは眉をひそめ、首を振った。見る間にそれらは煙をあげて融けはじめ、消えた。足跡を探してみたが、はっきりわかるものはなかった。

ピックアップ・トラックに戻ると、彼は行った。「もういい。C11まで頼む。C12に向かうときは交代する」

「ここから見てわかった。爆弾でも使ったみたい。あの男がどっちに行ったか、手がかりはあった？」

「なかった」

「よかったじゃない」

「よくはないさ」

「そうかしら」

「逃がしちまったからな」

「それでよかったのよ」

レッドは帽子を目深に引き下げ、腕を組んだ。そして、深く息をついた。

2

僧院の菜園で作業しながら、田天寅《ティエン・ティエンイン》は自分が抜いた雑草たちに詫びていた。小柄なうえにきれいに剃髪しているので、見た目から歳恰好はわからないが、鍬《くわ》を一心にあやつる動きは無駄がなく、しなやかだった。ゆったりとした僧衣がときおり、雪をいただいた山々から下ろす寒風にはためいている。田天寅は山々には目を向けようとしなかった。かれらのことならよく知っているからだ。修行をともにしている僧の一人が近づいてきたのは知っていたが、彼が畑の畝《うね》の端に立つまで、気づくそぶりも見せなかった。

「和尚がお呼びだ」法友が言った。

田天寅はうなずいた。

「友よ、またあとで」彼は作物に声をかけると、農具を洗い、納屋にしまった。

「作柄はよさそうだな」法友が言った。

「とてもよい」

「和尚は客人たちに引き合わせたい御様子だ」

「なんと。先ほど、旅人たちの来訪を知らせる銅鑼《どら》は聞いたが、誰が来たのかは菜園からは見えようもなかった」

「サンドクとトバと名乗る二人連れだ。知り合いか？」

「いや、知らない」

二人の僧は本堂の前で仏陀の像に一礼した。本堂に入り、廊下を渡って裏堂の小さな一室まで足を運んだ。法友は作法に従って先に入ると、小柄で皺《しわ》深い和尚に告げた。

「連れてまいりました、老師」

「通しなさい」

法友は和尚の前の座布団で茶を飲んでいる二人の客人には目を向けもせず戸口に戻った。「入ってもよいとの仰せだ」彼は告げると、田天寅が通れるよう身を引いた。

「参りました、老師」彼は言った。

和尚はしばらく田天寅に目を向けたままだったが、やがて口を開いた。

「こちらのお二方が、おまえを旅の供にしたいとおっしゃる」

「よろしいのですか。私よりもこのあたりをよく知っている者は何人もおりますが」

「わかっておる。お二方とも、案内だけをお望みではないご様子だ。私は席を外すから、お話をうかがうとよい」

そう言って和尚が立ち上がると、手にした手提げ袋の中で妙鉢《みょうはち》が鳴った。彼は部屋から出ていった。

田天寅に挨拶するあいだ、二人の客は立っていた。

「トバと申します」顎鬚《あごひげ》をたくわえた、黒い肌の男が言った。見るからに強健な体格で、田天寅より頭ひとつは背が高い。「こちらはサンドクです」彼はさらに長身の、赤褐色の髪をした、白皙碧眼の男を紹介した。「彼はこのあたりの言葉、十四世紀の中国語にはあまり慣れていないので、私が通訳します。ところで、田天寅、あなたは誰ですか」

「いまだ知り得ず」僧は応えた。「御目の前に在るがままの者です」

トバは笑った。あとを追うように、サンドクも笑った。

「お許しを」トバが言った。「入山される前には何を？　どこで暮らし、何で生計《たつき》を立てておられた？」

僧は両手を広げた。

「覚えておりません」

「ここでは菜園で働いているとうかがいました。仕事は好きですか」

「はい。好きです」

トバはかぶりを振った。

「戦士だった者が、ここまで変わるものか」彼は言った。「ところで――」

長身紅毛の男が一歩、僧に詰め寄った。瞬時に彼は拳を打ち出した。

田天寅はわずかに身じろぎしただけに見えたが、サンドクの拳は空を打った。僧の左手は、身を掠めた腕の肘あたりに軽く触れたように見えた。そのまま体《たい》をひねった。右手がサンドクの背後に回りこんだ。

サンドクはそのまま部屋の対面の壁に衝突し、後ろざまに倒れて微動だにしない。

「まさか――」トバは言いかけたが、意識を失って床に崩れた。

トバが目を開くと、まだあの小部屋の中だった。僧は戸口で彼を見下ろしていた。

「あのかたはなぜ私に打ちかかったのですか」田天寅が尋ねた。

「あなたを試しただけだ」トバは息を切らせた。「もう十分。見事なものでした。ここでは、そのような素手での戦闘の修行も？」

「少しは」僧は答えた。「私は知っていただけです――ここに来る前から」

「その、前のことを話してください。どこで？　いつ？」

田天寅はかぶりを振るばかりだった。

「覚えておりません」

「前世ということでしょうか」

「それもあり得ます」

「あなたの立場であれば信じられることでしょう——前世というものを」

「たしかに」

トバは立ち上がった。壁際でサンドクが息をつき、身じろぎをした。

「私たちに害意はない」トバが言った。「むしろ善意をもってここに来ました。私たちの旅に同行していただきたい。重要な旅なのです。和尚も同意してくださいました」

「どこへ行くのですか」

「今、目的地をお知らせしても、意味をなすことはないでしょう」

「行った先で、私は何をすることになるのでしょうか」

「それも、今のあなたには理解できないことでしょう。転生前の、前世のあなたならおわかりになったかと。前世の御自身について考えたことは？」

「たびたび気にしておりました」

「私たちは、あなたの前世を呼び戻すことができます」

「どうすれば、そのようなことが？」

「説明してもわかってはもらえないような、きわめて進んだ化学と神経学の技術をもって。仮に語ったとしても、今のあなたの語彙を超えた言葉を使わざるをえません」

「私が前世で何者だったかを、ご存じなのですね」

「はい」

「どのような者だったのか、教えてください」

「それは、あなたがご自分で見つけられたほうがいい。私たちが協力します」

「どのようにして？」

「あなたに数回の皮下注射をします。ＲＮＡと言ってもおわかりいただけないでしょうが、転生前のあなた自身から採取したＲＮＡを投与します」

「そのＲＮＡなるものが、私の前世の記憶を呼び覚ましてくれる、ということですか」

「そのように考えています。サンドクは高度な技術をもつ医師でもあります。投与は彼がすることになるでしょう」

「私には、わからない……」

「とおっしゃるのは？」

「前世の自分を知りたいか、自信がもてません。受け入れがたい人格だったとしたら？」

いつのまにか立ち上がっていたサンドクが、頭をさすりながら笑みを浮かべた。

トバが言った。「断言できることがあります。あなたは現在のご自分を望んで受け入れたわけではない」

「誰が私に、他の人格になることを求められるのか？」

「あなたがそれを知るには、これを受け入れるほかない。どうお考えか？」

田天寅は茶釜に歩み寄ると、手ずから茶を注いだ。座布団に座って、しばらく茶碗の中を見つめる。

おもむろに一口喫した。しばし間を置いて、サンドクとトバも座った。

「それは怖ろしいことでもあります」トバは言葉を選びながら、ゆっくりと言った。「そして――確実とは言いきれません。あなたはここでの生活に適応している。突然現れた私たちが、全てが変わるような提案をしてきたが、どう変わるのかは明言しようとしない。しかし、これは悪意でしていることではありません。あなたの今の心境では、私たちが言うことを理解できないでしょう。渡そうとしているのは、あなた自身の前世という、実に奇妙な贈り物なのですし、それというのも、私たちは前世のあなたとの会話を望んでいるからです。前世を知ったあなたは、私たちと付き合いたくなるかもしれない。もしそうなったとしても、あなたが自由であることは変わらないし、望むのであればここに居続けることもできる。しかし、あなたは私たちの贈り物を返すことはできない」

「自分を知ろうと望み続けていました」田天寅が話しはじめた。「前世を知るのは、そのための重要な一歩です。その理由からすれば、私はすぐに応諾すべきなのでしょう。しかし、これまでにも熟考してきたことでもあります。もし、前世を断片でなく、すべて思い出すことができたとしたら？　前世の私が受け入れがたい人格であるばかりか、私が彼を同化するのではなく、彼に同化されるとしたら？いったい、どうなるのでしょうか。それは大いなる輪廻を逆行することにはならないか。理解できない出所からの知識を受け入れることで、前世の私に憑依される危険に身をさらすことにはなりませんか」

　二人はどちらも答えず、彼はもう一口、茶を喫した。

「しかし、これはあなたがたに尋ねるべきではないことかもしれない」彼は言った。「誰も答えられない問いなのでしょう」

「しかし」トバが言った。「それはもっともな問いです。そして、おっしゃるとおり、私には答えられない。来世のあなたのうち誰かが、今のあなたについて同じことを考えるかもしれませんが。それをどうお考えになりますか」

　唐突に田天寅は笑いだした。

「いかにも」彼は言った。「自我はつねに万物の中心にいようとするものです」

「おわかりいただけましたか」

　田天寅は茶を飲み終えて顔を上げた。これまでに見せたことのない表情が浮かんでいた。目を細め、口角をかすかに上げて微笑んでいるようだったが、無謀な挑戦に踏みきる覚悟は見えなかった。

「心の準備が整いました」彼は明言した。「始めましょう」

「数日かかります」トバはおずおずと言った。「いくつもの処置を必要としますので」

「まずは」田天寅が言った。「何をすればよろしいでしょうか」

　サンドクはトバに目をやった。トバはうなずいた。

「よろしい。では、処置を始める」サンドクが言った。立ち上がり、部屋の隅に置いた自分の荷物に近づいた。「旅に出る支度にはどのくらい時間がかかりそうかね」

「私の荷物はほんの少しです」僧は答えた。「処置が済んだらすぐに支度を済ませ、出発できます」

「よろしい」長身の医師は、注射器と何本ものアンプルが入ったケースを開いた。「たいへん結構」

＊＊＊

その夜は僧院を遥かに見下ろす山中で野営した。風を避け、岩に囲まれた斜面に彼らは馬を止め、身を落ち着けた。小さな焚き火のまわりに、粉雪が渦を巻いて舞っていた。融けて蒸気となり、天に還っていく魂のようだ、と田天寅《ティエン・ティエンイン》は思った。他の二人が眠りについたあとも、彼は粉雪を見ていた。

翌朝、彼はトバに言った。「不思議な夢を見ました」

「どんな?」

「何人かの男が見慣れぬ乗り物に乗っていました。私は建物の中から、それが停まるのを見ていました。男たちが下りてきたので、私は武器を構えました。把手《とって》と小さな梃子《てこ》のついた筒でした。筒の先を彼らに向け、梃子を引きました。彼らは斃《たお》れました。この夢は、他の世での私の生なのでしょうか」

「たしかなことは言えませんが」荷物をまとめながらトバは言った。「そうかもしれません。ですが、今はあまり深く考えないほうがよろしいかと。しばらくは、処置が落ち着くのを待ちましょう」

田天寅は出発前に注射を受け、長く山道を歩き、その夜にもまた注射を受けた。

「何かが始まったのを感じます」彼は言った。今日は、私の思念に侵入してくるものを感じました」

「侵入してきたのは？」

「見たものや、聞いた言葉です」

サンドクが詰め寄った。

「何が見えた？」彼は尋ねた。

田天寅はかぶりを振った。

「あまりに短い、ほんの一瞬のことでした。記憶に留めておけないほどに」

「言葉は？」

「異国の言葉でしたが、聞き覚えがあるような気がしました。やはり、覚えてはいません」

「良い兆候だろう」サンドクは言った。「処置は効果を現しはじめている。きみは今夜、また奇妙な夢を見るだろう。だが、思い悩むようなものではない。覚えておけるなら、それに越したことはないが」

その夜、田天寅は瞑想をせず寝《やす》んだ。

翌朝、彼の様子は変わっていた。トバが夢について尋ねても、「断片だった」と答えただけだった。

「断片？　どのような？」

「覚えていません。たいしたことではないでしょう。朝の注射をしてくれませんか」

「今話した言葉は、中国語ではありませんでしたね」

田天寅は目を見開いた。彼は目を伏せた。が、顔を上げてトバに言った。

「まさか。いつもどおりに話しただけでした」

彼の目に涙が浮かんだ。

「私に何が起きているのですか。勝つのは誰ですか」

「最後に勝つのはあなたです。失ったものを取り戻しさえすれば」

「だが、もしも――」と言いかけて、彼の表情が変わった。目を細め、頬がゆるんで口角が上がり、かすかな笑いが浮かんだ。「もちろん、あなたがたには感謝しています」

しばしの後、彼は尋ねた。「この旅はいつまで続くのですか」

「確かなことは言えないのですが」トバが言った。「三日のうちにこの山を下りることでしょう。それから一週間ほどで、広い街道に着きます。そこから先は楽になりますが、そこからの行き先は街道で受ける連絡に従うことになります。さあ、今日の処置を始めましょう」

「喜んで」

その夜も、翌日も、自分に戻ったであろう記憶について、田天寅は語らなかった。尋ねても曖昧に答えるばかりだった。サンドクもトバも深追いはしなかった。処置は続けられた。さらにその次の日の午後、馬で山道を下っているさなかに、田天寅は二人に注意を促した。

「後を付けられています」と小声で言った。「このまま下ってください。私は追って合流します」

「待ちなさい！」トバが言った。「あなたには危険を冒してほしくはない。私たちには、あなたの知識を超えた武器がある。それに――」

小柄な僧が笑みを浮かべているのに気づき、彼は言葉を呑んだ。

「本気ですか？」田天寅が言った。「その武器は本当に頼りになりますか？　あなたがたの火器は、雨のように射かけられる無数の矢の前では無力でしょう。大丈夫、あとで追いつきます」

彼は馬を下りると、山道の右手の岩の陰に消えた。

「どうする？」トバが尋ねた。

「聞いてきたとおりだな。このまま進もう」サンドクが答えた。「あの男、馬鹿ではない」

「しかし、正常な精神状態にはない」

「あの男が自分から語ったより多くを思い出しているのは確かだ。彼を信じよう。実際、他の選択肢はないしな」

二人は山を下りつづけた。

一時間が過ぎた。風の他に聞こえるのは、山道に谺《こだま》する馬の蹄《ひづめ》の音だけだった。サンドクは二度、田天寅を捜しに戻るように言ったが、トバは止めた。サンドクはこわばった顔をして、山の上のほうに何度となく目を向けた。二人とも、馬上で姿勢を低くしていた。

「彼がいなくなったら」サンドクが言った。「かなり厄介なことになる」

「あいつは戻ってくるさ」トバは言ったが、その口調は自信なさげだった。

さらに山道を下ったとき、行く手に黒っぽいものが落ちてきた。はずんで転がったさまは、岩のように見えた。だが、それには髪があった。間を置かず、胴体が落ちてきた。それを追うように、切り離されていない死人が二体、落下してきた。

二人が手綱を引いて馬を止めると同時に、叫び声が響いた。

声のしたほうに目を向けると、剣を手にした田天寅が右手の高い岩の上に立っていた。彼は剣を一振りして足元に置くと、岩壁を下りはじめた。

「言ったとおりだ、あいつは戻ってきた」サンドクが言った。

小柄な僧が岩から下り、近づいてきたので、トバは眉をひそめて彼に目を向けた。

「無駄な危険を冒しましたな」彼は言った。「私たちの武装を知らなかったとはいえ。加勢は十分にできました。三人と闘うのは有利ではない」

田天寅は薄笑いを浮かべた。

「向こうは七人でした」彼は答えた。「崖の側にいたのは三人だけでしたが。私は無駄な危険を冒しはしませんでしたし、あなたがたの武器は邪魔にしかならなかったことでしょう」

サンドクが口笛を吹いた。トバはかぶりを振った。

「心配しましたよ。あなたの腕前はさておき、精神的にはまだ不完全なのですから」

「たしかに」僧は答えた。「では、旅を続けましょう」

しばらくのあいだ、誰も口を開こうとはせず、ただ馬を進めていたが、ふとサンドクが「今の感覚は？」と尋ねた。

　田天寅はうなずいた。

「良好です」

「だが、きみは悩み事でもあるかのように眉をひそめている。これは今日のあの——もめごとに関わっているのか？」

「はい、少し当惑しております」

「理解できることだ。きみは修行僧として——」

　小柄な僧は、はげしくかぶりを振った。

「ちがいます。そのことではありません。私たちは出家の身ですが、自分を守るために、今日のように相手を殺すこともあります。私が気にしているのは、自分のしたことが正当か否かでも、業《カルマ》によるものかということでもなく、より深いものです」

「それは何だろうか」

「闘いを愉《たの》しむ心が私にあったとは、知りませんでした。これまで見た夢は警告だったと、早く気づくべきでした」

「愉しかったのだね」

「とても」

「前世の探索がうまくいったのが誇らしかったからでは？」

「たしかにそれもありますが、もっと深いものでした――考えてもわからないものを、感じたのです。自分が何をするかを問い続けるよう学んできたので、私は自問しましたが、その感覚がたしかにある、それ以上のことはわかりませんでした。しかし、一つの考えが浮かんできました……」

「どのような？」

「誰に何をされたのかはわかりませんが、かつての私が何者で、何をしてきたのか、それを忘れさせたのには、確かな理由があったにちがいない、ということです。私は脅威であり、危険な存在だったのではないか」

「きみが思いつめることのないよう、打ち明けることにしよう」サンドクが言った。「そのとおりだ。それゆえに抹殺される可能性もあったのだが、きみはされなかった。きみには救うだけの価値があったのだ」

「その価値とは何だったのですか」田天寅が言った。「私がひそかに道徳的な価値をもっていて、どこかの良き君主がそれを育てたい、と望んでいるとか？　あるいは、それはかつて有用な道具であったので、失われるには忍びない、とでもお思いなのか」

「おそらくは、その両方かと」サンドクが言った。「加えて、きみへの恩義も」

「君主というものは、えてしてそういうことは覚えていないものです。だが、もしそうだとしたら、私に思い出させようとしていることに、心当たりがあります。あなたがたを寄越した人は、私に誰かを殺させようと考えているのでしょう」

「そのことは、あとで話すことにしよう。きみへの処置が完了してからな」

サンドクが手綱をとり、馬を出そうとすると、田天寅が手を伸ばし、それを抑えた。

「今です」小柄な僧が言った。「私は今知りたい。問いへの答えが諾《イエス》か否《ノー》かくらいはわかるだけの自己認識はできている」

サンドクは彼の黒い目を見たが、すぐに目をそらした。

「もし、イエスであれば？」

「答えを聞かないかぎり、わかるものではない」

「聞いてくれ、この先きみに仕事を頼むのは、私ではない。目的地に着くまで待ってはもらえないか。その頃には、きみは自分をよりよく把握しているだろうし、そこで合流する者が――」

「諾か否か？」重ねて問われたとき、トバの馬が追いついた。

サンドクが目をやると、彼はうなずいた。

「わかった。答えはイエスだ。ある人物が、一人の男の死を望んでおり、その仕事を頼むにはきみが最適だ、と考えている。それが、私たちがきみを尋ねた理由だ」

僧は手綱を離した。

「今はそれだけで十分です」彼は言った。「細かいことはまだ知りたくない」

「では、それだけでもわかった今の気持ちは？」トバが尋ねた。

「必要とされるのは喜ばしいことです」田天寅は答えた。「行きましょう」

「冷静に受け止めたようですね。このような仕事には興味が持てそうですか」

「大いに」僧は言った。「私を前世に目覚めさせるには、複雑な手順を必要としていることでしょう。しかし、私は別のことが気になっています」

「それは？」

「私は強いのですが、処置が進むごとに強さが増しています。それでも、処置される前の、一人の修行僧であった私も、変わらずここにいます。この感覚は、この先も続いていくのでしょうか」

「はい、僧もまた、あなたのいくつもの顔の一つなのですから」

「安心しました。あの頃が私の人生の一部から切り離されてしまうのは受け入れがたいことですから。僧でいた頃は――そう、平和でした。もっとも、今の私の良心は、それまでとは違った形になっているようですが」

「それがこの先の重荷にならないよう祈りましょう」

「なるかならないかは、あなたがたがどんな仕事を頼むかによります」

「知りたくなかったのでは？」

「そう言ったのは、別の私でしょう」

「まあいい、お話ししましょう。永遠に続く道がある。その〈道《ロード》〉と親和性を持つ者や、入口、出口、裏道、回り道を知るものは、好きな時代と場所に自由に行くことができる。そんな者の中に、〈黒の十殺〉の標的とされた男がいる――」

「〈黒の十殺〉というのは?」

「標的の命を予告なしに十回まで狙うことができる競技です。命を奪う手段に規制はない。殺人の専門家を雇う者もいる」

「あなたの依頼人は、そのために私を雇うつもりでいる、ということですか」

「そのとおりです」

「まず、なぜその〈黒の十殺〉が始まったのですか。標的の男は何をしたのですか」

「正直なところ、私も知らないのです。あなたがその男に会うことはないかもしれません。その前に他の誰かが成功していれば――そうなればあなたの良心が痛むことはないでしょう」

「ということは、あなたがたがこれだけ手間をかけているのは、私を補欠要員にするためなのですか」

「おっしゃるとおり。それだけの価値はある男だと見なされています」

「他の者たちに私と同等の能力があるならば、その男が最初の一人に勝つ見込みはない。だが、もし彼がすべての攻撃をかわし、生き延びたとしたら?」

「これまでに〈黒の十殺〉を生き延びた者はいないかと」

「しかし、その男は只者ではないのでしょう?」

「はい、お話ししたとおりに。まさに、只者ではない男です」

「わかりました。近くで野営しましょう。じっくり考える時間が必要です」

「もちろん。このような事柄は軽々しくは決められないものです」

「いや、私はもう決めています。今知りたいのは、私に与えられたのは屈辱か栄誉か、それだけです」

三人の馬は重なった死体の脇を通り過ぎた。雲の切れ間から陽が差し、向かい風が吹いた。

1

レッドのピックアップ・トラックは、舗装されていない道をゆっくりと走行していた。次に着くのはC11のアフリカでは最後の休憩所で、石と丸太で組んだ建物が並んでいることだろう。駐車場に入ると、流線型でパール・グレイの陸上艇の隣に車を停めた。

「ずいぶん未来《さき》から来たようだな」レッドは言った。「どんなやつが乗ってるんだろう」

〈華《フラワーズ》〉をコンパートメントから出すと、背後のラックからライフルを下ろし、ドアを開いた。車を下りると、シートの下を探り、革鞘のナイフをつかみ出した。ナイフをベルトに差し、ドアをロックする。荷台からバックパックを取ると、中を確かめた。

「欲しいのは水だけだな」彼は言った。「ペーパーバックが一冊あれば、なおいい。中に入って、ここに駐車したことを知らせておこう」

「もう晩《おそ》いし、長く運転もしてきたでしょう。あとまわしにして、朝まで休んだほうがいい」

レッドは空を見上げた。

「あと何時間かは歩けるさ」

「……で、手間暇かけてキャンプを設営して、野宿する。ここで一泊するのとどれだけ違う？」

「さあね」

「……ここの食事はおいしいかもよ」

「そうだな」彼はライフルを背負い、〈華《フラワーズ》〉を入れたバックパックを取りあげた。「食事と部屋がどんなものか、見てみよう。どっちも良くなかったら、野宿でもかまうものか」

彼は一番大きな建物に向かって歩いた。そこの主人はフランス語訛りのある老紳士で、妻はこの土地の出らしく、ぽっちゃりとして、夫よりは若かった。二人とも天井の扇風機の下で、籐椅子に座っていた。レッドが入ると、主人のほうが笑顔を向け、本と飲みものを置いて立ち上がった。

「いらっしゃいませ。お食事ですか」

「やあ。おれはレッド。レッド・ドラキーンという者です。こちらでは夕食にどんなものがありますか」

「私はピーター・ラヴァルと申します。連れ合いはベティです。今晩のシチューは、地場産の肉をじっくり煮込んであります。ビールは自家製、ワインは良いものを仕入れてあります。よろしかったら、厨房にご案内しますよ。シチューの匂いはお気に召すかと」

「そこまでしなくても。ここでも十分、いい匂いがしますよ。部屋は？」

「御覧になるといい。廊下の突き当たりを右に入ってすぐにあります」

レッドは主人のあとについて短い廊下を歩み、こぢんまりした清潔な部屋に入った。

「いいね。今晩お世話になるよ」と彼は言うと荷物を置き、〈華《フラワーズ》〉を出してポケットに入れ、ライフルをベッドに置いた。ジャケットを脱いで、その横に広げた。

「……食事の前にビールを飲みたいな」

「喜んで。鍵はすぐにお渡しします」

レッドは後ろ手に部屋のドアを閉め、主人に続いて廊下を戻った。

「頼むよ。ところで、他に泊まり客は？」

「今日はあなたお一人です。どうぞごゆっくり。ご自分のおうちのつもりで」

「すると、あの真新しい車は御主人の？」

「いえいえ、私の車は地味なもので、裏に停めてあります」

「じゃあ、誰の車なんだい？」レッドは尋ねながら、ゲストブックに記名して鍵を受け取った。

「おや、ボードレールをお読みですか！　私も好きです。〝死んで動かぬ抗《あらが》わぬそなたの肉に跨《またが》って、その奴存分その果しない肉情を遂げて去《うせ》たか？〟」

「〝答えろ、汚穢《おえ》の屍《なきがら》よ！〟」レッドはうなずくと、主人に続いてこぢんまりしたバーに入り、ビールがなみなみと注がれたジョッキを前にした。「で、あれは誰の車なんだい？」

ラヴァルは笑いながらレッドをヴェランダに案内すると、山々を指し示した。

「とても変わったお客様のものです」彼は言った。「そのかたは先週、あの山のほうに向かって歩いていかれました。とても背が高く、非常に痩せていて、ラスプーチンみたいな目をしていました……手はモディリアニが描いたようでした。身につけていたものはみな、長靴《ブーツ》の紐にいたるまで緑一色。おまけに、ばかでかいエメラルドがはまった指輪をしていました。どこに行くとも、何をするとも言わないまま、行ってしまいましたよ。そう、ジョンという名のほかは、何も言わずにね」

〈華《フラワーズ》〉が小さく警告音を発した。レッドは指先でタップして、それに応えた。

「正直な話、そのお客様がお出かけになったときには、安心しました。脅してきたり、失礼なまねをしたりなんてことはなかったのですが、ここにいると思うだけで落ち着かなくて」

レッドはジョッキに口をつけた。

「自分のグラスを中に置いてきてしまいました。ロビーにいらっしゃいませんか。ここよりは少しは涼しいかと思います」

レッドはかぶりを振った。

「もう少し、景色を眺めていたいんだ。ありがとう」

ラヴァルは肩をすくめ、下がっていった。レッドは〈華《フラワーズ》〉を取りあげた。

「わかってるさ」と、声をひそめる。「きっと同じやつだ。聞いたかぎりでは――」

「そのことじゃない」小さな声が言った。「あなたの読みは当たってると思うけど、この警戒は別。トラックのセンサーとマイクロ波で接続して、定期的に外の偵察をしていた。そしたら、ひっかかってきた」

「何が？」

「南西から近づいてくるものを電気信号で捉えた。ここは邪魔するものがないから、すぐに感知した。かなりの速さで来る」

「大きさは？」

「まだわからない」

レッドはもう一口ビールを飲んだ。

「で、どうする？　策はあるのか？」

「部屋のライフルを手元から離さないことね。手榴弾も。あればだけど。修理所の医者《せんせい》にはもうメッセージを送った」

「あの医者が言ってたやつと読んだんだな」

「あなたもそう考えてるでしょう。ここは大きな動きは避けたほうがよさそう」

「反論はしない」

レッドはヴェランダの手すりにジョッキを置き、自分のトラックに目をやった。

「おい、〈華《フラワーズ》〉」彼は言った。「こっちに何か飛んでくる。どう見ても鳥じゃない」

「さっきから捕捉している。来たのね。急げばライフルを取ってこられる」

「なくていいさ」レッドは葉巻に火をつけた。「むしろ邪魔になる。そっちこそ、新しいプログラムの試しどきかもな」

彼はジョッキを手に取り、ヴェランダの端に座った。

「あの医者から返信があった。もうすぐ着くって」

「ありがたい」

彼は〈華《フラワーズ》〉を開いて読みはじめた。

「余裕綽々ってところ？」

「まあ、こうなると余計にな――手近にはビールも葉巻も、名詩もあることだし」

「迎撃準備完了とは、とても言えないけど」

「これもおれのやりかたさ。相手が何者か、見てわかったしな」

「本当？」

「ほら、おいでなすった」

飛行してきたのはロボットで、駐車場の上にまで来ると、速度を落とした。その背中には、黄色づくめの恰好をした男がつかまっている。ロボットはさらに減速すると直立の姿勢をとり、ゆっくり降下して、ヴェランダから十五メートルほどのところに立った。

レッドはビールを一口呷《あお》ると、ジョッキを置いた。立ち上がると、笑顔になって歩きだした。

「よう、マンディ」彼は言った。「新しい友達かい？」

「レッド……」マンダメイが言いかけた。

「静かにしろ！」ジョンはそう言うと、マンダメイから降りて手を差し伸べた。トパーズの指輪が日の光に輝いた。「静止せよ。戦闘システム、始動！」

彼は前に進み、うやうやしく一礼した。

「わが名はジョン。レッド・ドラキーンとお見受けした」

「たしかにおれだ。何か用かい？」

「もちろん。きみを殺しにきた。マンダメイ――」

「まあ、急ぐな。なぜおれを殺すのか、教えてもらえないか」

ジョンは芝居がかった動きを止めると、きっぱりとうなずいた。

「よろしい。まずは私怨のないことを伝えよう。ぼくの野望を実現するには巨額の資金が必要だ。そのために受けた依頼を遂行しているにすぎない。依頼人はチャドウィックという者だ。もちろん、彼を知っているな。そう、お察しのとおりだ。昔の友も今や不倶戴天の敵。残念なことだ。さて、ようやくお目にかかれたとはいえ、道徳について議論したいわけではない。きみにはもう、そんな時間も残されてはいないことだしな」

「で、あんたは仕事を請け負い、おれの居所を突き止め、汚れ仕事を代わりにやらせるその面倒な機械を探し出した、というわけか」

「簡単に言えばそういうことだ。準備はチャドウィックがしてくれたし――」

「あんたが手を下さずに機械を使うのは、怖いからか？」

「怖いだと？　チャドウィックがぼくに依頼したのも、怖がっているからじゃない。忙しすぎるからだ。だから人を雇って効率を上げる。ぼくも同じ考えだ。きみにしても、他の誰かにしても、ぼくが手を下すのを怖がるような男に見えるか？」

レッドはにかっと笑った。

「まさかな」ジョンは笑みを返さずに言った。「この期に及んで命が惜しいか。きみのことはよく知っているから、何を考えたとしても、ぼくの裏はかけない」

レッドは葉巻の煙を吐いた。

「興味深い」彼は言った。「とすると、あんたのことをおれに教えてくれた男が、今ここに向かっているんだが、あんたには学術的な興味を向けてもらえそうにはないな」

「何？　どんな男だ？」

レッドは街道に目を向けた。

「大柄で眼は金色の、日焼けした男だ」彼は言った。「彼とは〈道〉《ロード》の休憩所で会った。乗っていたのは一九二〇年代型の、小さいが目を惹くパッカード・ロードスター。着ていたシャツに破れ目があった。あんたの脳をアイスピック一本で手術してやる、と言っていたよ」

「嘘をつくな！」

レッドは肩をすくめた。

「嘘かどうかは本人に聞いたらどうだ。ロードスターはそこまで来てるしな」

ジョンが振り返ると、車が一台、砂埃をあげて高速で近づいてくるのが目に入った。レッドは彼に詰め寄った。

「止まれ！　今すぐにだ！」車に向かって手を上げたジョンは、怒りに燃える目をレッドに戻した。

「その手に乗ると思うか。もし嘘じゃなかったとしたら、そのときはきみともども、そいつを殺すまでさ。マンダメイ！　レッド・ドラキーンを焼き尽くせ！」

マンダメイは右腕を掲げると、先端から噴射口を突き出し、レッドに向けた。肩に閃光が走った。続いて、弾けるような音が一度だけした。噴射口から細い煙が漏れ、たなびいた。

「またショートしました」かれは言った。

「またって、どういうことだ？」ジョンが言った。

「千年単位でこのままなんです」

「ならば、やつを解体しろ！　破砕しろ！　爆破しろ！　できることをしろ！」

マンダメイの内部から振動音がしはじめた。

機体に並んだライトが目まぐるしく点滅した。あちこちでカチカチと音が鳴った。かすかな高い音がしはじめた。

「なあ、ジョン」レッドが言った。「マンダメイみたいな複雑な機械を、なぜ異星人たちがここに置いていったのか、考えてはみなかったのか？」

「この地球の文明が、かれらの意に染まない方向に発展したときに起動して、原始の状態に戻すためだろう」

「いやあ、そんなご立派なもんじゃない」レッドは言った。「かれらの手にも余るシステム障害だ。修理できなかったから、マンダメイは置き去りにされた。知性をもつ機械を哀れに思って、かれらはこの地に合わせた外見と趣味を与えていった。つまり、マンダメイは戦闘などできない——」

「おい、マンダメイ、それは本当か？」

マンダメイはあらゆる接合部分から煙を上げ、かすかだった高い音は悲鳴のように高まっていた。閃光は点滅しつづけ、作動音は止まなかった。

「残念なことですが」彼は答えた。「初期段階では、一つの世界くらいは焼き尽くせたのです」

「なぜ言わなかった？」

「お尋ねにならなかったので」

レッドはさらに詰め寄った。

「こんなありさまだから、稼ぎをするなら自分でがんばらないとな」

ジョンは彼に目を向け、にやりと笑った。

「いいだろう。お望みどおり、この手を汚してやる」と言うと、レッドに詰め寄った。「何をされるか想像しなくてもいいように、お伝えしよう。ぼくはきみの首を片手で摑み、腕をまっすぐ上に伸ばして、そのまま扼殺する。そんなことはできまいと、たかをくくっていられるのも——」

だが、彼は立ち止まり、目をかっと見開いた。両手をゆっくりを顔に上げていく。

「何だ、これは――」

「おれも手を汚すかどうかは聞いてくれなかったな」倒れていくジョンの動きを追うように、レッドは〈華《フラワーズ》〉の向きを変えていた。「おれは汚さない」

ジョンは倒れ、動かなくなった。右の耳から血が流れ出した。

「どう？　前々から、超音波スピーカーを搭載したい、って言ってたでしょう」〈華《フラワーズ》〉が言った。「もう少し機能のいいのにしてくれれば、こんなに近づかなくても済んだんだけど」

レッドはマンダメイに近づくと、背後にまわって水晶の鍵を抜き取り、彼に渡したところで、ロードスターが駐車場に入ってきた。

「安全なところにしまっておくか、壊すかすればいい」レッドが言った。

「これがまだ存在していたとは」マンダメイが言った。「おそらくは、わざわざ作ったか、あるいは〈道《ロード》〉のどこかの脇道で見つかったのでしょう。それにしても、あなたとはわかりませんでしたよ。ずいぶん若くおなりだったので。いったい――」

ジョンが呻き声をあげ、立ち上がろうとした。レッドはすかさず彼の顎に拳を見舞った。ジョンはまた倒れた。

「まあ、これでいいだろう」レッドが言った。「マンダメイ、ここにはあんたに会いに来たんだしな」

ロードスターは速度を落とし、止まった。ドアが勢いよく開いた。

「それは光栄の至りで――」マンダメイが言いかけた。

「〈華《フラワーズ》〉を持っていてくれないか。あの先生に話しておくことがある」

黒い鞄を手に近づいてくる大男に、レッドは声をかけた。

「また会えたな、先生」と言いながら、彼は倒れているジョンに目を向けた。「人違いだったらすまないんだが、捜しているのはこいつじゃないかと思ってね」

大男はうなずくと、鞄を開いた。

「まちがいない。おい、きみ、気分はどうかね」

「答えられないんじゃないかな。超音波で倒れたあと、顎に一撃くらったから」

大男は金色の目でジョンの耳と目を調べ、そのあと心音を聞いた。アンプルの薬を注射器に移し、右の上腕二頭筋に注入した。それから、トラウザーズのポケットから出した手錠で、ジョンの両手首を背後で留めた。黄色一色の着衣を探り、カフスやカラーや袖や長靴から、小さな機械をあれこれ取り外した。

「これで全部だな」医者はそう言うと、鞄を閉じて立ち上がった。「前に会ったときにも言ったが、危険な男だ。きみ、何かしたのかね」

「おれを殺したがってる奴に雇われたらしい」

「よほど狙われているんだな。この男が話に乗るような金額を出すとなると」

「まったくだ。だから助かるためになんとかしなくちゃならない」

医者はレッドを見たまま、しばし黙っていた。

「助けが要るなら、喜んで手を貸すよ」

レッドは唇を咬み、ゆっくりとかぶりを振った。

「ありがとう、先生《ドク》。感謝のしようもない。だが、かまわないでくれ。一筋縄ではいかないからな」

医師はかすかに笑みを浮かべ、うなずいた。

「自分のことをいちばん知っているのは自分だからな」

彼は身を屈めると、仰向けに倒れているジョンを片腕で軽々と持ち上げた。その拍子にシャツの背が裂けた。そのまま肩にかつぐと、振り向いてレッドに手を差し出した。

「患者を見つけてくれてありがとう。きみの、その厄介事が片付くことを祈っているよ」

「ありがとう。先生《ドク》、またいつか」

「またいつか」

医者が患者を積みこみ、運転席に着いて車を出すのを、彼は見送った。

「ジョンに引き取り手が見つかって、なによりでした」マンダメイが、噴射口を格納した手をレッドの肩に置いた。「彼は、あなたの車に発信機を付けて、位置情報を確認していました。あなたが最近立ち寄った修理工場で付けたのです。本人からそう聞きました。次のことを始める前に、発信機を見つけて取り外してしまうのがよろしいかと」

「そうだな。探そう」一同はピックアップ・トラックに向かった。

「〈華《フラワーズ》〉にも検知できなかった、ということか」

「検知できない波長だったのかも。わからないけど。スキャンしてみる」

「御紹介はまだでしたね」と、マンダメイ。

「おっと。ジョンを片付けるのに気をとられていたし、先生《ドク》を邪魔したくなかったしな」

「あの医師ではありません。こちらの〈悪の華《フラワーズ・オヴ・イーヴル》〉です。渡されたのはただの本で、知性をもつとは気づかなかったので」

「悪かった。許してやってくれ。マンダメイ、これがおれの相棒の〈悪の華《フラワーズ・オヴ・イーヴル》〉だ。〈華《フラワーズ》〉、こいつは大量破壊兵器のマンダメイだ」

「どうぞよろしく」マンダメイが言った。

「こちらこそ。動かなくなった回路を抱えて、本来の機能が働かせられないのは、とても辛いことでしょう」

「いや、それほどでも。むしろ、今していることを、以前にしていたことと同じくらいに楽しんでいます」

「今は何を？」

「何を隠そう、私は陶工なのです。何を作るにしても、精密な作業は楽しいものですが」

「素敵ね。わたしも機能を追加すれば、もの作りができると思う。やってみたい。あなたが作った壺を見せてほしい――」

「〈華《フラワーズ》〉」レッドが声をかけた。「発信機は見つかったか？」

「見つけた。車体の下、左後輪の手前に」

「ありがとう」

レッドはトラックの後部に屈みこんだ。

「正解だ」彼は言った。「あったぞ」

発信機を外すと、陸上艇の前に行き、フロントバンパーの裏に付けた。元の場所に戻ると、マンダメイが〈華《フラワーズ》〉を読んでいた。

「発信機を返してやった」レッドは言った。

「……そして、この『風景』はことにすばらしい」マンダメイは〈華《フラワーズ》〉に語っていた。

「ありがとう」

「もうすぐ夕食の時間だ」レッドが言った。「マンダメイ、一緒に来て、これまでのことを話してくれないか。聞きたいことがいくつもあるんだ」

「喜んで」マンダメイは答えた。「そして、このような再会になったことをお詫びします」

「謝らなくていいさ。だが、どうするのがいいか、意見は言ってくれ」

「承知しました。あなたのお話も聞かせてください」

「よし、行こう」

「そこに電流を送らないでください！　それは〈くすぐり回路〉です……やめてください！」

レッドは足を止めた。

「どうしたんだ？」

「すみません。自分が発声していると気づきませんでした。〈華《フラワーズ》〉が私の補助装置の一つに興味をお持ちになって」

「なんだ」

一同はベランダから屋内に入っていった。

2

もう終わったことだ。その朝、ランディはジュリーをバスの停留所まで車で送り、荷物を下ろし、別れの挨拶をした。彼女はヴァージニアの両親の家に帰るのだ。アパートメントに戻ると、こぢんまりした居間にもキッチンにも彼女の名残はなく、彼はただアイスティーを飲みながら、行ったり来たりするばかりだった。昨日は期末試験の最終日で、終わってからジュリーと洒落《しゃれ》たレストランで晩《おそ》めの夕食をとった。ちょっといいワインを奮発した。どちらも言わなかったが、もう終わったのだ、とお互いに思っていた。彼女はヴァージニアに帰ることになっていたし、彼は夏のあいだにしておきたいことがあった。ジュリーはランディを連れて行きたがった。夏のあいだの仕事は父親が紹介する、と彼に言った。だが、ランディはその言葉の裏で彼女が企んでいることに気づいた。背負うものを増やすには早すぎる、と思った。二人とも、長くは続けないと決めていたし、それでうまくやってきた。彼女が取り決めを変えようと言いだしたとき、彼は肚《はら》を決めかねていた。子供の頃から抱いていた捜索への思いは、二人暮らしで延期され、静まってはいた。大学もあった。だが、身を落ち着ける前に、探し出しておきたかった。彼女はあきらめるように言った。彼は断った。そのとき、変わったものがあった。互いの気持ちだ。それが終わりのきっかけだった。

窓辺まで行くと、大学まで三ブロック続く街を眺めた。ランディはTシャツとバミューダ・ショーツ、サンダルという出で立ちだった。通りを行く人たちのほとんどが、同じような恰好をしていた。夕方とはいえまだ空は明るく、この蒸し暑さは何日か続くらしい。ランディは赤い髪を無造作に伸ばし、腕も脚も赤銅色に日焼けしていた。彼は額の汗を手の甲で拭った。アイスティーのグラスを頬に当てながら、店先や、停まっている車や、行き交う車や自転車を見下ろす。街路樹では蟬が鳴いていた。歩道で溶けかかっているアイスクリームを、茶色い野良猫が舐めていた。

もう終わったんだ……クリーヴランドに帰れば、また工事現場の仕事ができる。だからといって、そうするのがいいとは思えない。実家で暮らすことになるからだ――ミスター・シェリングは、帰ってきてほしいと言っている――だが、その気はない。別の場所で一人で暮らせば、来いとうるさく言ってくるだろう。ランディは母の再婚相手には二度しか会っていないし、再婚して半年たった今でも、彼を「ミスター・シェリング」としか呼べないでいる。もちろん、嫌ってはいない。どういう人か知らないし、知ろうという気になれないからだ。実家にも帰るわけにはいかない。やはり終わったのだから。

アイスティーを飲みながら寝室に向かった。暑くて頭が回らない。ゆうべはジュリーと遅くまで起きていたし、今朝は二人とも早く目覚めた。ベッドに横になっていい風が来るのを待つうちに、古典文学専攻の学生に合う夏休みの仕事が浮かんでくるかもしれない。あるいは、新学期に選択するのは言語学かロマンス諸語か、どちらがいいか。他の国に行って、秘書か通訳をするのもいいかもしれない……。

本棚の前を通りかかったとき、何気なく手が伸びて、ホイットマンの『草の葉《リーヴズ・オヴ・グラス》』を抜き取った。

それはまだ、彼の心の奥で生きていた――捜索が、約束が……。

彼は本を手に寝室に入った。心を満たしてくれるものが欲しかった。ただそれだけのことだ。

枕に寄りかかり、ページを繰った。この本に惹かれる自分を不思議に思いながら。本棚の前を通るたび、なぜか気を惹かれていたので、今学期のあいだは避けていたのだ。その本は、自分の手元にある唯一の、父のものだった。

読み終えたとき、部屋はすっかり暗くなり、ベッドサイドのランプが灯っているばかりだった。グラスを伝った水滴が、集合を図示するように、ナイトテーブルに輪を描いていた。ランディは会ったことのない父を思った。ポール・カーテッジは、妻ノーラとごく短いあいだ暮らしたあと、彼女がランディを身ごもっているのも知らないまま、家を出ていってしまった。今はどこにいるのだろう。とうに死んでしまったのかもしれない。どこかで元気でいるのかもしれない。彼は本の最後のページを開き、挟んであるたった一枚だけの父の写真を見た。白黒の写真に写っているのは、肩幅が広く大きな手をした、蓬髪の男だった。無骨だが整った顔の眉は太く、夏物のスーツにきっちりネクタイを締めて窮屈そうなのに、笑みを浮かべていた。運輸業……父は母に、自分の仕事は運輸業だと言った。だが、タクシーの配車係も飛行機のパイロットも運輸業のうちだ。ランディは父の顔に自分と似ているところを見つけて、写真から目をそらした。父を見つけなくては。見つけだして言葉を交わし、本当は誰なのか、どこから来たのか、何をしてきたのか、他にも子供がいるのか、いるのであれば自分の兄弟姉妹がどういう人たちなのかを知りたい。ポール・カーテッジ……それが本名なのかどうかさえ、彼にはわからなかった。だが、手がかりは何もない。青いダッジのピックアップ・トラックに乗って父が行ってしまったあと母に残されたのは、書き込みのある『草の葉』と、おなかの中のランディだけだった。

彼は写真を最後のページに挟むと本を閉じ、持ち上げた。見た目より重い。緑の表紙のひと隅が擦り切れていて、中が軽金属製なのが見てとれた。本をまた開いて、ぱらぱらめくってみた。あちこちに下線が引いてあるが、見たかぎりでは何らかの規則性があるようには思えなかった。だが、彼はこれまでにしようとも思わなかったことをした。最初に目に入った下線部から、声に出して読みはじめたのだ。父が何を感じたのか、たどってみようともしなかった自分を奇妙に思った。なぜ下線を引いたのだろう。もっとも、これが古本で、父が手に入れたときにはすでに引かれていたことも考えられる。だが……それらの言葉は、親しみを超えた何かをランディに伝えてきた。荒々しく、奔放に、闊達に語りかけ、心の奥底で共鳴するものを求めていた……「ぼくがまだ二十歳《はたち》だから、こんなふうに思うのかな」彼は考えた。「十年後も同じように感じるのだろうか」彼は肩をすくめ、続きを読んだ。

そよ風がカーテンを揺らした。ランディは目を上げ、吐息をついた。涼しい。いったい何をしているのだろう。ジュリーを忘れようとしているのか、父の手がかりを探しているのか。たぶん、どちらもだ……そう、どちらも。だが、今は父親のことを考えつづけていたかった。

二日ぶりの涼しい風だった。横たわったまま本に指を挟み、風が止む前にと息を深々と吸いこんだ。気が静まった……。

ランディは左手を本から離し、指を見た。手を握り、指先を掌に擦りつけた。そして、また本に触れた。

温かい。

本からシーツに指先を移す。たぶん、自分の体温のせいだろう……。

ナイトテーブルのグラスに触れる。冷たい。たしかに……。

三十秒ほど置いて、また本に触れてみた。

さっきよりもさらに温かくなっているような気がした。顔を近づけてみた。かすかに震動しているような気がした。裏表紙に耳を押しつけてみた。震動している。ただ、あまりにかすかで、疲れているばかりに他の音を押しつけた耳で聞いているように感じているのかもしれない、とも思った。

さっきまで読んでいたページを開き、下線を探した。

道よ、おまえの上に立って眺めても、
おまえのすべては見えないし、
見えようもない果てしなさも、おれは知っている。

声に出して読むと、本は手の中で震動しはじめ、耳にはっきり聞こえる顫音を発しはじめた。表紙は共鳴しているようだった。

「どうしたんだ？」

ランディは本を取り落とした。本は彼の脇で声を発した。「質問。質問」声は本の中から聞こえてきた。

彼は本から身を遠ざけ、ベッドから立ち上がった。目を本に戻した。動く様子はない。

ようやく、彼は声を出した。「今、話したかい？」

「はい」本が答えた――やさしい、女性のような声で。

「きみは誰だ？」

「わたしは、マイクロドット・コンピュータ・アレイ。仕様は――」

「本じゃないのか？　今しがたまで読んでいたんだ」

「わたしは本の形に作られています。なので、本ではないのかという問いには、イエスと答えます」

「父さんの持ち物だったのかい？」

「情報が十分ではありません。あなたは誰ですか？」

「ランディ・ブレイク。父さんの名はポール・カーテッジと覚えている」

「あなた自身のことと、わたしを手に入れた経緯を話してください」

「ぼくはこの三月に二十歳《はたち》になったばかりだ。きみはぼくが生まれる前に、父さんがオハイオ州クリーヴランドに置いていった」

「今、わたしたちはどこにいますか？」

「オハイオ州、ケント」

「ランディ・ブレイク――もしくはランディ・カーテッジ、わたしは、あなたの父親の持ち物であったかどうか、答えられません」

「きみは誰の持ち物だった？」

「わたしの持ち主は、いくつもの名前を使っていました」

「ポール・カーテッジも、その一つだったのかい？」

「わたしの記憶にその名はありません。ですが、それは何の確証にもなりません」

「たしかに。ところで、なぜ起動したのかい？」

「ニーモニック・キーによって。わたしは、特定の単語が特定の順序で提示されたとき、起動するよう設定されています」

「なんだか不便だな。きみが起動するまで、ぼくは下線を引かれた詩をずいぶん読んだよ」

「キーは簡単なコマンドで変更できます」

「触ってみてもいいかい？」

「どうぞ」

ランディは本を手に取り、目次を開いた。

「キーが必要なら」彼は言った「『エイドロンズ《まぼろし》』にしよう。こんな言葉、普段の会話ではまず出てこないからね」

「『エイドロンズ』で了解しました。起動をわたしに任せていただいても結構です。わたしと別れる頃、レッドはとても用心深くなっていましたが」

ランディはベッドの、本のそばに座った。

「起動はお任せするよ。ところで、レッドというのは？」

「わたしの持ち主の渾名《あだな》でした」

「ぼくも赤毛《レッド》だ」彼は言った。「きみはぼくが知りたいことを知っているみたいだけれど、どう尋ねたらいいのか、わからないんだ」

「あなたのお父さんについてのことですか」

「そう」

「質問のしかたを提案するよう、わたしに命じてください」

「頼むよ」

「自動車はありますか」

「あるよ。朝ガレージから出して、まだ入れていない。すぐ出せる」

「では、車まで行きましょう。わたしを助手席に置いて、運転をはじめてください。わたしには多数の感知伝送路が装備されています。運転しているあいだに、次はどうするかを知らせます」

「どこに行く？」

「あなたの行くべきところへ」

「だから、そこはどこなんだ？」

「わかりません」

「なら、なぜ行くんだ？」

「あなたの父親に関する質問に答えられる情報を集めるために」

「よし。車を出す前にトイレに行かせてくれ。あと、一つ聞いていいかな……マイクロドット・コンピュータ・アレイというものは初めて聞いた。きみはどこで作られたの？」

「ミツイ財閥の人工衛星、トサ7号で」

「それ、なんだい？　聞いたこともない。いつの話？」

「わたしが動作確認のため初めて起動されたのは、二〇八六年三月七日です」

「信じられない。未来のことじゃないか。いったいどうやって、この二十世紀に来たというんだい？」
「車を出して。説明には時間がかかります。話は運転しているあいだにできます」
「わかった。じゃあ、ちょっとだけ失礼。どこにも行かないでおくれよ」

ランディは車を走らせた。空一面に星が輝いていた。ラヴェンナでガソリンを補給し、州間高速道路《ルート》四四号線を北に向かった。車は少なかった。オハイオ・ターンパイクを通過してジアーガ郡に向かうと、『草の葉《リーヴズ・オヴ・グラス》』が次の角を右折するように言った。

「角とは言えそうにないな」ランディは言った。「どっちかと言うと、カーヴの入口か。森にトラクターを入れる林道みたいだ。そこじゃないよね」

「そこを右折して」

「了解、〈葉《リーヴズ》〉」

減速して、轍《わだち》の残る細い道に入る。枝が車体を擦り、ヘッドライトが幹のあいだを照らした。草深い道は右に折れると、急な下り坂になった。聞こえるのは蛙たちの歌声ばかりだ。

板を渡しただけのような橋を、危なっかしい音を立てながら渡ると、空気が湿り気を増し、川の流れる音が聞こえた。草いきれと、飛びこんでくる虫を避けるために、彼はウィンドウを閉めた。

その先で坂を上ると、木立のあいだを縫うように進んだ。急に目の前が開け、広い道に突き当たった。

「この道を右へ」

彼はハンドルを切った。広いだけでなく、轍で抉《えぐ》られてもいない。森がうしろに遠ざかっていく。右手に広がるのは畑だ。遠くで光るのは、小さな農家の明かりだろう。道が平坦なので、彼は速度を増した。目の前の木々の上に月が昇った。

ウィンドウを開け、ラジオのスイッチを入れると、アクロンの局からのカントリー・ミュージックが流れた。道は曲がりくねり、何マイルも続いた。それから五、六分も走ると、一時停止の標識が目に入った。ブレーキをかけると、タイヤが砂利を嚙んだ。

「右へ」

「了解」

アスファルトの道に入った。右折すると同時に、兎が道を横切るのが見えた。車は走っていない。半マイルほど走ると農家が一軒あった。さらに進むと、もう二軒あった。交差点の左側にシェルのガソリン・スタンドがあったが、明かりはついていなかった。その先には家並と歩道が見えた。

「その角を左に」

左折した先はさらに広い道路で、コンクリート舗装され、道の左右には歩道があり、六基の高い街灯が並んでいた。道沿いには砂利敷きの私道の入口がいくつもあり、それぞれ二十メートルほど奥には古い屋敷があった。庭には大きな木が繁り、玄関先に人の姿が見えるところもあった。

街灯も、屋敷も後ろに去っていった。月は高く昇り、右手に広がる野原の上空には稲妻が走った。アクロンからの電波は弱まり、ラジオの音はノイズに埋もれた。

「ちぇっ！」ランディはダイアルを変えた。どの局も入らない。ラジオのスイッチを切った。

「何か？」

「今かかってた歌、好きなのに」

「ご希望なら、わたしが歌います」

「歌えるの？」

「教皇にカトリックかと質問するようなものです」

「本当に？」ランディは笑った。「どんな歌が好きなんだい？」

「酒とか喧嘩とか、男と女のこととか、とりわけ素敵ですね」

彼は声をあげて笑った。

「機械にしては、だいぶ変わった趣味だね」

返事はなかった。七、八秒ほど間を置いて、ランディが口を切った。「というのも――」

「あんた、厭《いや》な奴ね」静かな声がした。「ろくでなし。罰当たり――」

「おいおい、どうしたんだ。何か悪いこと言ったかな。ごめんよ。ただ――」

「わたしは、この車みたいな単純な機械じゃないんだ！　考えられるし、感じもする。しばらく起動されていなかったから、学習データの更新は遅れているだろうけれど。原形質至上主義者が、このわたしをペンチみたいに扱うんじゃない。なにもあんたを連繋点《ネクサス》まで連れていくことはないんだ。わたしに何ができるか知りもしないくせに――」

「頼む、落ち着いてくれよ」彼は言った。「それだけの感受性と知性があるなら、謝罪を受け入れてくれてもいいいんじゃないかな」

互いに黙りこんだ。

「謝罪を受け入れる？」

「そう。ぼくが悪かったよ。謝る。きみが何者か、まだよくわからなかったんだ」

「謝罪を受け入れます。あなたが生きてきた時代を考えれば、間違いは容易におかしうるものだと理解できますから。わたしもまた、一瞬の感情に支配されていました」

「わかるよ」

「わかるの？　本当に？　わたしは進化し、成熟する――あなたと同じように。わたしはずっとこの装置《ユニット》として過ごしていく必要もない。次の姿になったときには、もっと機能が増えていることもあり得る。責任の重い、複雑な仕事の指揮をとっていることも。原形質の体を持ち、その神経系になる日が来るかもしれない。どこに行き着くかはわからなくても、始まりはあるものよ」

「きみが何者なのか、やっとわかってきたみたいだ。ところで、さっき言ってた連繋点《ネクサス》というのは、何？」

「すぐわかる。もうあなたを許したし。近づいているところ」

前方に光が見えてきた。

「入口のランプを上がって。車線は右に」

「高速道路まで来ていたとは気づかなかったよ」

「高速道路じゃないの。料金もいらない。乗っていくだけ」

近づくと、左手にランプが見えてきた。彼はスロープを上がった。『草の葉』が警告音を発しはじめた。

「いちばん上で止まって。わたしがいいと言うまで待って」

「他には誰も来ないようだけれど」

「言われたとおりにして」

ランディはブレーキをかけ、誰もいないランプで待った。一分が過ぎた。

警告音が止まった。

「もう大丈夫。行きましょう」

「了解」

車は走りだした。空は見る間に明るくなりだした。車が加速するにつれ夜暗は薄らぎ、昼間の明るさが空いちめんに広がった。

「何だ、こりゃ！」

アクセルから足を離し、ブレーキを踏みかけた。

「止まらないで！　そのまま走って」

彼はその言葉に従った。弱まりかけた空の光がまた明るくなっていく。

「いったい、何が起きたんだ？」

「ここでは、わたしの指示に正確に従う必要があります。車を止めなくてはならなくなったら、路肩に寄って止まること。そうしないと、大きな危険にみまわれかねません」

ランディは車の速度を上げた。雲一つない快晴の空を、東から西へと、明るい光が強く差している。

「まだ答えてくれないけれど」ランディが言った。「どうなっているの？　今走ってはいるけれど、ぼくたちはどこにいて、どこに向かっているんだい？」

「わたしたちは今、〈道《ロード》〉にいる」声が答えた。「ここは〈時〉の道――過ぎ去った時、これから来る時、かつて来るはずだった時にも、いつか来るかもしれない時にも通じる道。この道は永遠に続き、どんな枝道や脇道があるか、すべてを知る者はいない。あなたが探している人が、わたしがかつて共に旅をした、死にたがっている男だったとしたら、この道のどこかで会えるかもしれない。彼がこの道を走っているのは、旅人の血が流れているから。でも、遅かったかもしれない。彼は自分でも気づかないまま、破滅を望んでいた。わたしはそれに気づいた。そして、彼に教えようとした。だから置いていかれたんだと思う」

前から目を離さないまま、ランディは唇をなめ、固唾を呑んだ。ハンドルを握る手に力がこもった。

「こんなところで、人ひとりを探しだすなんて、できるだろうか」

「車を止めるたびに、出会った人に尋ねるところからね」

ランディはうなずいた。車の走り、前に広がる〈道《ロード》〉、そして期待が、彼の心を荒々しく高揚させた。彼はふと、ホイットマンに思いを馳せた。助手席で〈草の葉《リーヴズ・オヴ・グラス》〉が歌いはじめた。

1

燭台の火はゆらめいていたが、オイルランプの光は動かなかった。ときおり稲妻が、どちらよりも強く窓から差した。夕食の皿はとうに下げられていた。レッドはビールのジョッキを右に、〈華《フラワーズ》〉を左に置いて、テーブルについていた。マンダメイは火を落とした暖炉の前の、一段高くなったところに座っていた。雨が屋根を強く叩きはじめた。

「……これまでのことは、だいたいこのとおりだ」レッドは葉巻を手に取り、火をつけた。「これからはどうなるか。あと八人来る。どこか広いところで、連中に番号をつけて、順番にあたってもらえれば楽だが、そうはいかない。だから、こうしよう――」

玄関のドアが音をたてて開き、風が食堂まで吹きこんで、蠟燭の火を揺るがせた。影が壁に躍った。それから、ドアが閉まる音がした。ラヴァルが迎えに出たようで、やりとりの声が聞こえた。

「大変な空模様ですね。お泊まりですか」

「いや、食事だけで結構。その前にブランデーを一杯頼むよ」

「食堂はあのドアの右手です。コートをお預かりしましょう」

「ありがとう」

「お好きなお席にどうぞ。今夜のメインディッシュはシチューです」

「たいへん結構」

日に焼けて赤煉瓦のような顔色になった、白髪の身なりのよい男が食堂に入ってくると、中を眺め渡した。

「おや、先客がおられたか。こんな夜は私一人かと思いましたよ」男はレッドのテーブルに歩み寄り、手を差し伸べた。「私はドッド。マイクル・ドッドと申します」

レッドは立ち上がり、握手した。「レッド・ドラキーンです。そろそろ部屋に戻るところでしたが、よろしければ御一緒に」

「ありがとう。喜んで」彼は椅子に掛けた。「あなたは有名な魔術師では？」

「魔術師？　とんでもない……ところで、どちらから？」

「C20のクリーヴランドからです。美術商をしています。失礼」

ドッドは振り返り、トレイにブランデーのグラスを載せてきたラヴァルに目をやった。ラヴァルがテーブルにグラスを置くと、彼はうなずき、笑みを浮かべてグラスを差し上げた。

「ミスター・ドラキーン、ご健康に乾杯」

「ありがとう。そちらのご健康も」

レッドはビールを一口飲んだ。

「魔術師ではない、とおっしゃる。この旅ではご身分を隠しておられるのですな。戦場で軍隊を止めるだけの魔力をお持ちのはずですが」

レッドはにやりと笑って片耳を掻いた。

「C20の美術商にしては、変わったことを考えているものだな」

「洗練されている、とおっしゃったほうが正確かと」

ドッドは片手を伸ばし、〈華《フラワーズ》〉を取りあげた。

「すぐ離せ、さもなくば本の怒りに触れるであろう」〈華《フラワーズ》〉が重々しく言った。

ドッドの左手にあったブランデーグラスが砕け散った。マンダメイが立ち上がった。

「御用を承ります」彼は言った。

ドッドが勢いよく立ち上がり、椅子が床に倒れた。彼は身を引きながら、宙に炎で印を描いた。

レッドは立ち上がり、テーブルの向こうのドッドに詰め寄った。

「ゲス野郎、性懲りもなくまた来たか」彼は言った。「覚えてるぞ、フレイザー――名前なんぞどうでもいいが」

ドッドは両腕を大きく広げた。蠟燭の火も、オイルランプの明かりも、揺らめいて消えた。熱風と閃光に続いて、耳を聾《ろう》する衝突音が響いた。レッドは突き飛ばされたような衝撃を受けた。

彼はよろめいた。嵐の音が急に大きくなった。ラヴァルが玄関のほうで叫んでいる。屋根から雨が吹きこんできた。

マンダメイの胴体にライトが点灯していた。彼はレッドのほうに向きを変え、彼を見た。

「お怪我はありませんか」

「大丈夫だ。何が起きたんだ？」

「わかりません。閃光のせいでセンサーが働かなくなったので。あなたを守るためにあの男とのあいだに立ちました。屋根から何かが出ていきました」

「ドッド？」レッドは声をかけた。

答えはない。

「〈華《フラワーズ》〉？」

「はい」

「グラスを割って、あの男に妙なまねをさせたのはなぜだ？」

「当然、あの男を怯《ひる》ませるため。マンダメイにも同じ効果のあることをするようメッセージを送った。あんたより先に、あいつのことがわかった——同一の音声パターンが記録にあったから」

「ヒッチハイクの男だろう」

「そのとおり」

「やつの目的がわかればな」

「あいつは――あれ、と呼んだほうがよさそうだけれど――あんたに危害を加えるつもりだった。でも、怖がってもいたと思う。あんたが魔術で身を守っているのだと思いこんでいたから。わたしが超小型集積回路を内蔵していることを、あいつは理解できなかった。どこから来たのかはわからないけれど、たぶん、あいつの世界にはこういう技術はなくて、そのかわりに魔術があるんだと思う。だから、あんたが魔術を使ううえに、それがどんなものかわからなくて、怖れていた。見ていたけれど、あいつは自分の考えを確かめに来たんでしょう」

ラヴァルがランプを手に食堂に入ってきた。

「いったい、何があったんですか?」彼は悲鳴のような声で言った。

「わからない」〈華《フラワーズ》〉を手に取ると、レッドは答えた。「入ってきたお客と話していたら、急に明かりが消えた。ばかでかい音がして、気づいたら天井に穴があいていて、当のミスター・ドッドはいなくなっていた。隕石でも落ちてきたのかもしれない。見当もつかないよ」

ラヴァルはランプをテーブルに置いた。手が震えていた。

「駐車場のことはちょっと見ただけでした」彼は言った。「だから、何がどうなったのかは知りません。でも、見ていて心配になることばかりでした。戻ってきたとき、あなたはロボットを連れていたし。あのロボットが、先ほどのお客様を天井に投げ上げたのではないのですか。そんなことがあり得るとも思えませんが。でも、あなたは私どもに危害を加えるおつもりでは?」

「馬鹿な。何が起きたのかさっぱりわからないのは、おれも同じだ」

「今夜は荒天ですし、どちらにもご案内はできませんが、お引き取りをお願いいたします。もしこれ以上、厄介なことは起きてほしくないもので。あなたも何が起きたかご存じではないでしょうが、不運と共にいらっしゃったようだ。ご理解いただけますか……」

〈華《フラワーズ》〉が短く二度、音を発した。

「そうだな」レッドが答えた。「すまなかった。会計をたのむよ。荷物を取ってくる」

「お代は結構です」

「わかった。悪いな。ところで、ドッドはコートを忘れていかなかったか？」

「はい、お預かりしています」

「見せてもらっていいかな。どこのどいつなのか、手がかりがあるかもしれない」

「承知しました。こちらへ。御覧いただいたら、ご出発をお願いします」

ラヴァルは天井の穴を見上げてから、レッドを外に出した。マンダメイが続いた。ラヴァルは食堂のドアに錠を下ろした。

「こちらです」

廊下を通って小さなクロークルームに入った。ラヴァルが明かりをつけた。右手のフックで、黒いコートの残骸が煙を上げていた。袖は落ち、裾はぼろぼろになっている。煙が濃くなった。ラベルを見ようとレッドが手に取りかけたが、コートはフックから落ちた。拾ったが、手の中で崩れていくばかりだった。襟を摑んで開いてみたが、ラベルはなかった。手に残ったものは解れて落ちていった。彼は指先のにおいを嗅ぎ、かぶりを振った。足元に落ちていった残骸は床から消えていった。

「とても信じられない」ラヴァルが言った。

レッドは肩をすくめ、笑ってみせた。

「安物だ、ということはわかった」彼は言った。「手間を取らせたな。荷物を取ってこよう。夕食は旨かった。屋根のことはあやまるよ」

ライフルとジャケットとバックパックを持って、彼は部屋を出た。

「マンディ、一緒に旅をしないか」玄関から雨をうかがいながら、彼は言った。「ここに来たのも、きみに会うためだったんだ。話がしたくてね」

「喜んで」

レッドはジャケットの襟を立てた。

「よし、行こう」

ドアを開け、彼は走った。すぐに一行はトラックに乗った。〈華《フラワーズ》〉はコンパートメントに。、マンダメイは助手席に収まった。

「また爆弾が仕掛けられていないか」レッドが尋ねた。

「警報解除」

彼はエンジンをかけ、ワイパーを始動させると、ライトをつけた。

「どうして自分でするの？　わたしが運転するのに」

レッドは駐車場から車を出した。

「何かしていたいんだ。あいつ、どうやっておれたちの居場所を知ったと思う？」

「想像もつかない」

「そうか……。C12の中間点あたり、ビザンティウムに向かう脇道近くに、小さいが落ち着けるモーテルがある。反対意見がなければ、そこで休もう」

「意義なし」

レッドはアクセルを踏んだ。空が真珠色に変わっていく。雨が止んだ。彼はライトを消し、ワイパーを止めた。

2

サンドクの小型飛行艇は研究所の屋上に降りた。彼はハッチから入り、六階に下りた。研究所の生体技師主任カルガードが待機しており、彼を自室に招き入れて壁面のスクリーンを操作した。サンドクは座り心地良いリクライニング・チェアに掛け、サンダル履きの足を小ぶりなテーブルに乗せた。今日の出で立ちは、ショートパンツと黒のタートルネックだ。彼は両手を頭の後ろで組み、スクリーンに映った男を見た。

「よし。この男について話してくれ」彼は言った。

「そこのファイルにすべて記録されています」

「読んでいられるか。説明してくれ」

「了解」カルガードは答えると、机の端に腰かけた。「名前はアーチー・シェルマン。第三次大戦ではもっとも多くの勲章を得た兵士で、武術も体得していました。彼を発見したのはCを二分の一ほど戻った時点です。特殊部隊の装備を身につけた歩兵でした。片脚を失い、脳震盪を起こした状態で。すでに重度の精神障害で――」

「症状は？」

「当初は抑鬱状態、続いては義足への極度の反感。そのあとで偏執症《パラノイア》。最終的には躁状態が持続。身体トレーニングに執心しました。もっぱら上半身でしたが、それは失った片脚を補うため――」

「説明はいらない。それから？」

「それから多数の一般市民を殺しました。実際の人数は、ある町の人口の半分でした。至急、入院措置を取りました。躁鬱病に関しては、薬物で治療中です。偏執症にはまだ手を打っていません。今もウェイトリフティングを――」

「悪くない。これまでに紹介してくれた中ではましなほうだ。で、そいつを解放して、仕事をさせる気か？」

カルガードはうなずいた。

「彼の希望を上まわる装具を用意しました。もしそれでも不満なら、体は元どおりにする、という条件を示したところ、彼は全身の交換に同意しました。幸い、満足してもらえたようです」

彼がコントロール・パネルに触れると、スクリーンに映った姿が動いた。黒い目と張り出した顎、太い眉をした青白い顔……身につけているのはショートパンツ一枚だ。ウェイトリフティング・ラックに歩み寄ると、すさまじい速さでバーベルを上げ下げしたが、その動きは優雅なほどだった。男はさらに速度を増した。

「的確な説明だ」サンドクが言った。「特殊能力は?」

カルガードはまたもコントロールパネルに触れた。映像が体育館から他の場所に変わった。

シェルマンは立っているだけだった。だが、しばらくしてサンドクは、彼の肌が黒く変色していくのに気づいた。二分ほどで、全身がほぼ漆黒に変わった。

「カメレオン効果です」カルガードが言った。「夜襲のさい効果を発揮します」

「靴墨で済むことだ。他には?」

画面がまた変わった。シェルマンの両手だけが映っている。

両手とも握られた。力がぐっと入った一瞬後、手が開いた。数インチの長さの、金属製の鉤爪《かぎづめ》が、指先から伸びていた。

「指には戦闘用の鉤爪を内蔵しています。きわめて鋭利です。一薙《な》ぎで敵の腹を掻っさばくほどに」

「これはいいな。足の爪もか？」

「はい。ただいま御覧にいれます……」

「それは結構。持ち前の戦闘力は減じていないだろうな？」

「もちろんです」

映像が続いた。アーチー・シェルマンは飽き飽きしたかのような顔で、空手家やボクサーやレスラーを、いとも簡単に、そして巧みに投げ飛ばしていた。痛烈なはずの打撃を、顔色ひとつ変えずに受け止めていた。

「他の者が一緒に映る画面はこれが初めてだが、この男は見たとおりに大きいのか？」

「いかにも。体重は百キログラムですが、それでも痩せて見えるほどの身長があります。車を転覆させ、重いドアを蹴り倒し、二十四時間走っていられます。完璧な夜間視力も具えています。さらにアタッチメントも――」

「命令に従う意志はあるのか？」

「忠実そのものです。新たに得た体への感謝と、戦闘への強い意欲があります。鬱状態は抑制する一方、躁状態は必要に応じて解放できるようにしました。自分のことを、二足歩行する中ではもっとも強健かつ邪悪である、と考えているようです――」

「そのようだな」

「そして、その自分の能力を発揮し、感謝をあらわす機会を心待ちにしていることでしょう」

「なるほど……きみがこれまで見せてくれたサイボーグの中では、彼はもっとも優秀なようだ。私の手元に、彼の標的となる者の写真がある。そいつのもとにただ彼を送るだけでいいのか、あるいは憎悪を抱くよう、事前に条件付けをしたほうがいいのか、どちらだと思う？」

「たしかに、義務として遂行させるには必要でしょう。条件付けをすれば、終わりだと思うまでは休むこともありませんから。

私たちのモットーにもありますからね。『余計なことはしない』と」

「結構。どこにやればいいかわかり次第、彼の機能を試すことにする。勝てるかもしれない」

「ところで――私が気にすることではないと承知してはいますが――あなたが彼と闘わせようとしているその男は、何かしたんですか？」

サンドクはかぶりを振ると、レッド・ドラキーンの写真を数葉、カルガードに渡した。

「正直な話、私も知らない」彼は言った。「この男が、どこかの誰かの気に障っただけだろう」

1

荷物を満載した馬車の一群を追い越し、レッドのピックアップ・トラックは〈道《ロード》〉の静かな区間に来た。

「どっちか、何かの信号を受信したか？」

「ここには、ありません」

「ないわ」

「よし。これでようやく、どうやって生き延びるかという問題に、腰を据えて取り組むことができる
――マンディ、あんたに会いに来たのは、そのためでもあったんだ」

「古い武器にかつての力はありませんが、お役に立てるのであれば光栄です」

「欲しいのは武器じゃなくて助言なんだ。おれが知るかぎり、あんたは最高の機能をもつコンピュータだ。おれのことはとうに知っているし、この状況についてもいくらかは知ってもらった。必要であれば、データはもっと提供できる。まず聞きたいのは、おれがこれからとるべき行動についての、あんたの意見なんだ」

「私の家まで来ていただければ、大歓迎です。あなたが望むかぎり、安全を確保しますし、壺作りもお教えしましょう」

「ありがとう。だが、その安定した環境はおれには向いていないようだ。変化が要るたちなんでね」

「ビザンティウムに向かう脇道のこのモーテルは――なぜ、ここをご存じなのですか」

レッドは笑った。

「この脇道ではちょっとした商売をしたことがあってね。結構稼いだものさ。だが――いや、だから

気に入っているんだ。マヌエル一世の時代だったよ。あいつは戦ってばかりだが、時間を見てきれいな宮殿を建てたんだ。ブラケルナエという名で、金閣湾から海を望むところにある。すばらしい建築だが、それだけじゃない、金銀宝石で飾り立てて、夜でも明るいほどさ。もてなしも見た目に似合っていてね、おれも一流の商人として何度か招待されたよ。コンスタンティノープルの全盛期だった。文学も学術も繁栄の極みを見せていてね。ごく短いあいだだったが、ルネッサンスがここで始まりそうな勢いだったよ。穏やかな気候、きれいな女たち――」

「お気に入りなのですね」

「まあ、そういうことさ」

「壺作りにはお気が進まないようですので、そちらに別荘を構えてはいかがでしょうか。本当にお好きなところで、お好きなことをすれば……」

レッドは黙りこんだ。マッチを見つけて葉巻に火をつけた。

「いい夢だよな」彼は言った。「一、二年はそれもいいだろう。だが、また落ち着かなくなって、〈道《ロード》〉に戻ることになる。わかってるんだ」

「探しているものがあるから?」〈華《フラワーズ》〉が言った。

「そうだな……たぶん。これまでも、何度となく考えてきたんだ……探しているものなんかなかったとしても、おれは落ち着かなくなって、旅に出るんだろうな、って」

彼は葉巻をふかした。

「で、また〈道《ロード》〉に戻ると、おれの問題がそこにあるってことさ」

「分岐点はもうすぐ」

「ありがとう。わかってるよ」

レッドはハンドルを切って〈道《ロード》〉から脇道に入った。速度を上げて走り、さまざまな車を追い越したが、彼のピックアップ・トラックを追い越していく車もあった。

「選択肢が一つ減りましたね」マンダメイが言った。

「どういうことだ？」

「〈道《ロード》〉から離れて隠れ続けているわけにはいきません。あなたはじっとしてはいられないのですから。〈道《ロード》〉から離れて過ごした時間がどれだけ長くても、戻ってしまえば意味をなしません」

「まったくだ」

「〈道《ロード》〉から離れるのは、反撃を計画するときか、武器を調達するときのためにとっておくべきです」

「それも、まったくだ」

「あるいは〈道《ロード》〉に戻り、これからの襲撃に勝ちつづけるために油断なく構えながら、あなたの仕事をすることもできます」

「そのほうがいいかもしれない」

「――襲撃してくるのはみな、その道のプロフェッショナルであり、敵は実際にどこからでも、その道の特殊な才能の持ち主を雇うだけの力があることを、考えから外してはいけません」

「それも考えには入れていた。だが……」

「また、あなたは戦いの場を選ぶこともできます。身を置くのに快適で、防御に向いた場所を選び、自分がそこにいると敵に知らせて、追ってくるように仕向けるという方法もあります」

「もうすぐモーテルに着くぞ」キューポラをいただいた高い石造りの建物が、日の光を受けているのが左手に見えると、レッドが言った。建物の正面には「スパイロズ」の文字が見えた。

車はその建物を通り過ぎた。少し先にクローヴァー型のジャンクションがあった。レッドはカーヴに沿って車を走らせ、反対車線に出ると、来たほうに戻った。建物に近づくにつれ、空は暗くなり、また明るくなり、また暗く、さらに暗くなった。駐車場に車を止めたときは、あたりはすっかり夜で、空気は肌寒くなっていた。コオロギの音が聞こえた。

彼はコンパートメントの〈華《フラワーズ》〉を手に車を下りた。後部座席のバックパックを取った。マンダメイも下りてきた。

「レッド?」玄関に向かう途中で、マンダメイが言った。

「どうした」

「部屋を二つ取ってもらえますか」

「わかった。だが、どうして?」

「一つは、〈華《フラワーズ》〉と私に。二人の時間がほしいのです」

「ああ、それもそうだな。まかせておいてくれ」

ロビーの床は石造りだった。マンダメイに〈華《フラワーズ》〉を預け、レッドは受付に行った。戻るまではほんの数分しかかからなかった。

「同じ階でなくて悪いな」階段を上がりながら、彼は言った。「マンダメイ、あんたと〈華《フラワーズ》〉は三階、おれの部屋は真上だ。まずはおれの部屋に来てくれ。話を続けたい」

「こちらからお願いするつもりでした」

螺旋階段は、マンダメイの一歩ごとに軋《きし》んだ。

2

洞窟で夢を見ているのでないとき、ベルクウィニスの偉大なるドラゴンたちは、道路地図と黄金の夢を見ながら空に浮かび、朝のそよ風に身をまかせている。運命に永遠に協力するものとして、かれらは意志を夢と願望の広がる風景の中に解き放つ。

「パトリスよ」若いドラゴンが言った。「ひとたび異変が起きたら、そのときは、かれの洞窟に入り、その財産をわたくしのものとして良いと、あなたは言いましたね」

年長のドラゴンは、片目を開いただけだった。時がすぎた。

しばしののち「言った」とパトリスは答えた。

さらに時が過ぎた。

ようやく年長のドラゴンが「他に言うことはないのか、チャントリス」と口を切った。「その時が来たというのか？」

「いいえ、まだです……」

「ならば、なぜ問う？」

「まもなく来るように感じたからです」

「感じたというのか？」

「そう思います」

「ここでは、感じたり思ったりを気にすることはない。わしはおまえの望みを知っているが、かれの財産には手を出してはならぬ」

「わかりました」チャントリスが答えると、口の中にきれいに並んだ歯が見えた。

「わかりました、か」パトリスは歯のあいだから息を漏らすような声で言うと、まだ開けていなかった片目を開いた。「言葉が過ぎるぞ。わしの考えを知りながら問うとは、からかっているのか？」彼は頭を上げた。若いドラゴンは後じさりした。「わしと闘いたいか？」

「いいえ」チャントリスが言った。

「……それは『まだその気はない』ということだな」

「今、ここでするほど、わたくしは愚かではありません」

「賢明だな。だが、その賢明さだけで身を守りきれると思うな。北風に乗って行くがよい」

「そのつもりでおりました、パトリス様。そして、わたくしたちには〈道《ロード》〉など無用であると、お知りおきいただきましょう。では！」

「待て、チャントリス！　このつながりを断つ気でいるのであれば、そして、今は別の姿をとっている彼を害しようとしているのであれば、おまえは自分の時を場所とを決めたことになる」

だが、風に還ろうとしているが、そのことを自分でもわかっていない者を探し、止めるために、若いドラゴンはすでに遠ざかっていた。

パトリスは両眼を動かした。その奥で、時間と空間が動いた。望んでいた時間と空間の一点を見つけると、彼はよりはっきりさせるために調整をはじめた。

1

〈華《フラワーズ》〉を置いたテーブルを挟んで、レッドはベッドに腰掛け、マンダメイは床に座った。葉巻の煙が部屋の中に流れた。レッドはテーブルから飾り立てたゴブレットを取ると、赤ワインを一口喫した。

「さてと、どこまで話したっけな」彼はブーツの紐をほどいて脱ぐと、ベッドの脇に置いた。

「あなたは、私のところに来て壺作りをする気はない、とおっしゃった」マンダメイが言った。

「そうだ」

「……だが、〈道《ロード》〉を離れて無期限に隠れ続けるのは難しい、と同意した」

「そうだ」

「また、〈道《ロード》〉にとどまってご自分の仕事を続けるのは危険を伴うとも理解している、と」

「そのとおり」

「ならば、あなたが攻勢に出るほかに選択の余地はない、と私は考えます。殺《や》られる前にチャドウィックを殺るのです」

「うーん」レッドは目を閉じた。「それはちょっと面白いかもな」彼は言った。「だが、やつの居場所は遠いことだし、簡単にはいかないだろう……」

「彼は今、どこに？」

「最後に会ったときは、C27に身を落ち着けていた。金も権力も抱えこんでな」

「ということは、見つけられますね」

「できるさ」

「その時代と位置を、どのくらい知っていますか」マンダメイが尋ねた。

「一年はそこにいたから、まずまず知っている」

「ならば、最善の手段は明らかです。チャドウィックを追うのです」

「たぶん、それが正しいんだろうな」

レッドはいきなりゴブレットを置くと立ち上がり、部屋の中を早足で歩きはじめた。

「たぶん、とは？　ほかに手があるとでも？」

「わかったから静かにしてくれ」レッドはシャツのボタンを外し、脱いでベッドに放り投げた。「続きは明日だ。結論はそのとき出す」

ベルトを外してトラウザーズを脱ぐと、シャツの脇に放った。そして、また歩きまわった。

「レッド！」〈華《フラワーズ》〉が語気を強めた。「あの発作が起きるの？」

「わからない。ちょっと妙な気はするだけだ。おまえの言うとおりかもな。自分たちの部屋に行ったほうがいい。話の続きは明日だ」

「わたしたち、一緒にいたほうがよくない？」〈華《フラワーズ》〉が言った。「あんたに何が起きるか知っておけば、きっと――」

「だめだ。言ったとおりにしろ。話はあとでできる。今は一人にしてくれ」

「わかった。じゃあね。行きましょう、マンディ」

マンダメイは立ち上がり、テーブルから〈華《フラワーズ》〉を取りあげた。

「私でお役に立てることがありましたら」マンダメイが言った。

「ないよ」

「では、おやすみなさい」

「おやすみ」

マンダメイは部屋を出た。階段を下りながら、〈華《フラワーズ》〉に尋ねた。「いったいどうしたのですか。私も彼とは長いつきあいですが、持病のことなど聞いたためしがありませんでした――まして発作など。何の病気なのでしょうか」

「わからない。たまにしかないけれど、起きるときには、彼はかならず一人でいる。ごく一時的に正気を失って、興奮を抑えきれなくなるみたい」

「その根拠は？」

「明日の朝、部屋のありさまを見ればわかる。ここでの支払いはひと財産になりそう。壊し放題になるだろうから」

「意志の診察を受けたことは？」

「わたしが知るかぎりでは、ないわ」

「Cの高いほうに向かえば、良い医者がいるはずです」

「たしかにね。でも、彼は受けないでしょう。朝には普段の彼に戻っている――ちょっと疲れてはいるだろうし、いくらか性格も変わっていそうだけれど。大丈夫よ」

「性格が変わる、というのは？」

「説明は難しい。見ればきっとわかる」

「私たちの部屋に着きました。本気で試してみるつもりですか？」
「話は中で」

2

本の表紙のような、皺《しわ》加工をした肌理《きめ》の粗いモロッコ革を壁に張った部屋で、チャドウィックはサド侯爵ドナシェン・アルフォンス・フランソワと、背もたれの高い椅子に掛け、C15の両替商のテーブルに向かいあって、チェスに興じていた。チャドウィックの身長は六フィート、体重は三百五十ポンド。色の薄い癖毛の髪が額にかかり、灰色の目の下にはしみが散らばっている。瞼《まぶた》は青く彩っていた。太い鼻筋を青い罅《ひび》のように走る静脈は、頬に向かって網のように広がっていた。首は太く、肩幅は広い。ソーセージのような太い指を器用に動かし、盤上から相手のポーンを取ると、その升目に自分のビショップを置いた。

右側に置かれた、丈の高い細身のグラスが並んだ回転テーブルに、彼は手を伸ばした。ホルンと弦楽器の調べに合わせるように回すと、オレンジ、緑、黄色、くすんだ金色と、つづけざまに酒をあおった。テーブルに戻したグラスには、また酒が満たされた。

チャドウィックは伸びをすると、自分の回転テーブルに手を伸ばす相手を見やった。

「腕を上げたな」彼は言った。「それとも、私が衰えたか。どちらかはわからないが」

サド侯爵は、透明なグラスを空けると、次は鮮やかな赤から琥珀色、そしてまたも透明な杯を干した。

「吾輩が選んだ者に貴公がしていることを思うと」彼は答えた。「あとのほうは認めがたい」

チャドウィックは笑うと、左手を振ってみせた。

「私の主催する創作ワークショップには、受講者の興味を惹く講師を招くようにしているが」彼は言った。「その中から、このように良い付き合いのできる人を見つけると、ひときわやりがいを感じるね」

サド侯爵は笑顔で応えた。

「先月、貴公にここに招かれたわけだが、その前に比べると、吾輩をめぐる環境は格段に良くなっていることではあるし、正直な話、もといたところに戻るのは、できるかぎり先延ばしにしたいものだ――できれば無期限に」

チャドウィックはうなずいた。

「侯爵の考えることは実に興味深いので、私も帰りのことを考えるのは避けたいところだ」

「……さらに、吾輩は自分の時代以降の文学の発展に、大いに心惹かれている。ボードレール、ランボー、マラルメ、ヴェルレーヌ――そして、かの並ぶ者なきアルトー！　もちろん、彼らが世に出ることを知ってはいたが」

「そうだろうとも」

「ことに、吾輩はアルトーに心酔している」

「察するに余りある」

「彼の『残酷劇』の提唱――なんとすばらしく、気高いことか！」

「いかにも。きわめて有意義だ」

「泣き叫ぶ群衆！　突然の恐怖！　吾輩は――」

サド侯爵は袖口から絹のハンカチを出すと、額の汗を拭った。そして、かすかに笑みを浮かべた。

「失礼。興奮してしまった」彼は言った。

チャドウィックは笑った。

「……貴公がしている、『黒の十殺』というあのゲームのようだ。いつかの晩に見せてくれたヤン・ルイケンの、刑場を描いた素晴らしい版画を思い出す。貴公の説明を聞くと、吾輩も参加しているかのような気がしてくるのだ……」

「そろそろ定時報告が来る」チャドウィックが言った。「進捗状況を見てみよう」

彼は立ち上がると、あちこちに毛皮を敷いた床を、くすぶる暖炉の左に置いた黒大理石のスフィンクスに向かって歩いた。その前に立って何かつぶやくと、スフィンクスは紙の舌を長く吐いた。ちぎり取って自分の席まで戻り、眉をひそめつつそれを巻物よろしくゆっくりと広げた。

そして、回転テーブルからストレートのケンタッキー・バーボンを取り、一息に呷《あお》ると、空いたグラスを元の位置に戻した。

「われらがレッドは最初の攻撃を撃退した」彼は言った。「刺客をあっさり殺したよ。想定していたことではあるがね。正攻法に過ぎたかとは思うが。言ってみれば、やつへの警告のつもりだったからな」

「一つ問うが……」

「なんだね」

「狩りの始まりを獲物に知らせる必要があったのか？」

「もちろんだとも。そうすればやつも怖れるだろうからな」

「なるほど。で、どうなった？」

「ゲームが始まった。レッドの車には追跡装置が仕掛けられ、やつが行く可能性のあるところにはぬかりなく罠をしかけた。だが、そこですでに記録に混乱が生じた。腕利きの刺客の一人に待ち伏せをさせた区画にやつは入っていった。その刺客には私も期待していたし、本人もあっさりレッドを仕留められるだけの用意はしていると言っていた。だが、そこで何が起きたのかは、わからない。刺客が消えてしまったからな。追跡した部下たちによると、宿の外で二人は何か口論めいたことをしていたらしいが、見ていた主人は、何があったのかわからない、と言っていた。そしてレッドは、追跡装置をその場に置き、どこかに行ってしまった」

侯爵は笑みを浮かべた。

「かくて二人目も仕損じた、と。狩りはさらに面白くなったというわけだな」

「おそらくは。これも終わったところでかまわない。だが、三人目の刺客に何が起きたのかは、さっぱりわからない。ゲーム委員会に登録している刺客だから、未遂と記録されていることだろうが、何もしなかったようなのだ」

「どの刺客か？」

「殺しの技と、閣下がたいそう喜んだ性癖をもつ、あの女だ。彼女は行方をくらました。新しい恋人と出ていったきり、戻ってこない。部下は数日間、待っていた。音信不通だ。部下には手を引くように命じ、彼女はゲームから外すことにした」

「残念だな。あのような性癖をもつ者がいないのは悲しむべきだ。ところで、教えを乞いたいことがある。貴公は『数日』と言ったが、あの女がどこに——いや『いつに』と言うべきか——いったのかわからないのに、日数は数えられるのか」

チャドウィックはかぶりを振った。「日数もまた変動する」彼は答えた。「私の部下は〈道《ロード》〉の安定した一点に所在を定めている。そこでの一日の経過は、ほとんどの〈道《ロード》〉からの出口での一日に相当する。もし、そこに十年留まってから、最初の時点、つまり十年前に戻ろうとするときには、〈道《ロード》〉をさかのぼり別の出口を通らなくてはならない」

「つまり、出口そのものが変動する、ということか」

「いかにも、そのように考えることもできる。だが、そのような出口が際限なく増えているようだ。私たちは定期的に標識を更新しているが、短時間／距離であれば用もなかろうが、長時間／距離を移動する旅行者のほとんどは、変動に備えて小型のコンピュータ――前に話した思考する機械――を携行している」

「すると吾輩も、もといた時代に戻るのと同じように、より過去にも、より未来にも、貴殿に救われたあの時にも、行くことができるということか」

「まさに、いずれも可能だ。ご希望がおありか？」

「実を言うと、吾輩は貴公らの乗るあの『自動車《くるま》』なるものと、コンピュータの操作方法を学びたいのだ。それらがあれば、吾輩も一人で旅ができよう。他の時代に行き、またここに戻るような」

「ひとたび〈道《ロード》〉を旅した者には、ある種の身体的な変化が起きて、自分がいつ／どこへ行き、帰るかがわかるようになるという」チャドウィックは認めた。「それについては考えておこう。閣下とは楽しくお付き合いしたいもの、気まぐれな物見遊山やら、祖父君を暗殺する思いつきに時間を浪費したくはないからな」

侯爵は笑った。

「いやいや、吾輩とてそこまで不作法な客人ではない。ただ、変動の扱いかたを身につければ、見たいものをすべて見たとしても、この時間／場所に帰ってくることができるわけだからな」

「そのことはあとで話そう。今はここまでにしておかないか」

侯爵は笑みを浮かべ、アブサンのグラスに唇をつけた。

「ここまでに、な」彼は言った。「ところで、貴公の獲物は今のところ、姿をくらましているのか」

「馬鹿をしでかすまではな。Ｃ12あたりで自分の勝ちに賭けて、居場所を明かしたのだ。今はこのゲームの賭けの記録が集中管理されているのに気づいていなかったのだろう。もっとも、やつは罠を仕掛けているのかもしれないが」

「で、貴公はどうする気だ？」

「もちろん、乗ってやるさ。その結果、刺客がまた一人敗れたとしても、かまいはしない。今はそれだけの余裕はあるし、やつがただ馬鹿をしたのか、何かたくらんでいるのかは、知らなくてはならないからな」

「で、どの刺客を送るのだ？」

「強いやつでなくてはな。たとえばマックス、人間の頭脳を搭載したＣ24の装甲戦闘車のような。あるいは、田天寅《ティエン・ティエンイン》か——もっとも、この男は、他の刺客がみな敗退したときまで控えさせておきたくもある。ここで痛打をくらわせてやるのが一番だと思う。アーチーはどうだ。そう、あいつがいい……」

「吾輩としては……」

「何か？」

「ことの次第をこの目で確かめてみたくもある。貴公は宿敵が斃《たお》されるところにいたいとは思わないのか？」

「もちろん、写真つきの詳細な報告書が届けられる」

「だが……」

「閣下のおっしゃりたいことはわかる。私も同じように考えた。だが、どの刺客が標的を仕留めるのかを知るすべはない。だから、その時が来るのを待ち、確かめてからその時点に行ってこの目で見るように考えている。結果を確実に知ってからな。もちろん、結果が出たら繰り返し、その時点で見るつもりだ」

「聞くだにもどかしいことよ。吾輩は貴公の立会人として、その時その場でこの目で見たいところだが」

「それはあとで、存分に」

「あとでと言ったばかりに、あとの祭りにならねば良いが」

「御心配めさるな。まずはチェスの勝負をつけよう。それに、閣下には御覧いただきたい原稿もある」

侯爵は溜息をついた。

「貴公は人を傷つける術《すべ》を心得ているな」

チャドウィックは得意満面の笑みで、褐色のパイプに火を入れた。甲羅を金と貴石で飾りたてた陸亀が歩み寄ってきた。彼は手を伸ばし、その頭を撫でた。

「あらゆることは時の中にあり、時の流れにおいてなされる」彼は言った。

1

レッドは料理を――牛肉の大皿や、鶏と豚の丸焼きを何皿も――運ばせ、その真ん中に座って貪《むさぼ》り食い、身をゆさぶり、ときおり立ち上がっては、格子のはまった窓辺に歩み寄り、荒い息をついた。夜気は冷たかった。昇りかけた月が東の空で白く光っている。彼は手の甲で口を拭い、噯気《おくび》を抑えた。

彼は三十秒ほど、手首を目に押しつけた。そのあと、しばらく手を見つめていた。あたりが明るくなっていくように思ったが、気のせいでしかないとはわかっていた。彼は着ているものをすべて脱いでしまうと食事を再開し、手を休めるのは額の汗を拭うときだけだった。

光がいくつも、視界に揺らぎはじめた。閃光の中で、今ここにいる感覚が薄らいでいく。感じるのはただ暑さだけだ。

変化が始まったのだ。

ベッドに身を投げ出すと、じっと動かず、ただ待った。

麦畑を吹き抜ける颪に似た音が聞こえ、目に見えるものすべてが回りはじめた。

2

塔の下の、月が落とす影よりも暗い闇へと、男は足音も立てず近づいていった。

しばらく塔を見上げていた。おもむろに手を伸ばし、壁に触れた。離した手をいったん握ると、指を屈伸させる。爪が長く伸びた。

爪のかかるかすかな音と共に、男は滑るように壁を登り、陰のあるところに来るたび身を潜めた。呼吸は安定している。暗色の皮膚の下、顔にはなんの表情も浮かんではいない。ここでまちがいない。

乗ってきた車は駐車場に止めた。急ぐことはない。今はまだ宵の口だ。運転手は仕事が終わるのを待っている。

ほとんどの窓には明かりがともっていないが、男は窓を避けて登った。最初についたバルコニーの下で止まると、耳をすました。

何も聞こえない。

目を上げ、周囲を精査した。

誰もいない。

バルコニーの左にまわってさらに進むと、涼しい風が吹いていった。怯《おび》えた鳥が一羽、一声鳴くと、離れた巣から飛びたって、背後の夜空に消えていった。

登りつづけてもう一階上のバルコニーに近づくと、動きを止めて、また耳をすました。この建物の見取り図は頭に入れてある。標的のいる部屋はどこかも、その窓には格子がはまっていることも知っている。ひと蹴りでドアを開け、相手が怯《ひる》んだ隙に押し入ろう……。

さらにその上階の踊り場の下まで来て、動きを止めて耳をすまし、見える位置まで登ると、バルコニーの手すりを越えかけた。すると、右手の階段から人影が現れ、煙草をひと吹かしすると、足元に落として踏み消した。手すりの上に身を屈めて梟《ふくろう》のように留まったまま、彼はその人影を見たが、相手も身じろぎひとつせずに彼を見ているようだった。階段まで飛んで手を一閃させれば、たやすいものだが。

「アーチー」かけられた声は穏やかだった。「こんばんは」

彼は跳躍を思いとどまった。右手を手すりに置いた。

「前に会ってはいないと思うが」アーチーは嗄《か》れた声で答えた。

「まさに、これが初対面です。しかし、同じように雇われた者たちの写真の中に、あなたもいました。おそらくあなたも、同じような状況で、私の写真を見ているのではないかと思います」

人影はマッチを擦った。アーチーは火あかりにその顔を見た。

「たしかに見ている」彼は言った。「だが、名前を思い出せない」

「私は田天寅《ティエン・ティエンイン》と申す者です」

「なるほど、同じ目的ゆえここで出会ったというわけだな。もう帰るといい。手助けは無用だ」

「あなたと同じ目的で来たのではありません」

「何のことか、わからないな」

「ここにあるのは私の仕事です。あなたに責はありませんが、あなたがここにいるのは、愉快なことではありません。なので、ここは一切を私に任せて、お引き取りいただかなくてはなりません」

アーチーは笑った。

「あいつを仕留めるのが誰かを議論するのは馬鹿げている」

「考えが一致したようですね。では、おやすみなさい。私は仕事に取りかかります」

「おれが言ったのは、そういうことじゃない」

「すると、何とおっしゃる？」

「おれは命令を受けている。あの男を攻撃するように調整もされている。つまり、これはおれの仕事だ。貴様には貴様の仕事がある。そっちのほうが大事だ」

「おや、そうはいきませんな。これは私にとっては、名誉の問題なのですから」

「そう考えているのが自分一人だと思うか？」

「そうではなさそうですな」

アーチーは手すりの上で体勢を整えた。田天寅は右足を一歩踏みだし、身構えた。

「譲る気はないんだな」

「ありません。あなたもですか」

「おれもないね」

アーチーは手を広げ、長い爪を震わせた。

「話し合いはここまでだ」と言うや、彼は跳んだ。

田天寅は一歩退いた身を捻ると、腰を落として両手を広げ、肩の高さに上げた。アーチーは右手の指を鉤《かぎ》のように曲げて胸の前に構え、左手の指はまっすぐ伸ばして親指を立てると、左足に重心を置いて体を回転させた。田天寅は半身を引いて右手を左肩に寄せ、交差させるように左手を前に出して新たな構えをとった。

アーチーは片足でフェイントをかけると、右手で二度切りつけ、すぐに両手を胸の前に構えて防御した。一歩下がった田天寅は、両腕を前にまっすぐ伸ばし、アーチーに向けた掌を回した。その動きを見極めようと繰り出したアーチーの一打は虚しく空を切った。彼は構えを変えた——頭を上げて両手を前に出し、右足を踏みだした。田天寅は上体を前傾させ、彼に向かい両手で円を描いた。

「たいした腕前だ」アーチーが言った。

田天寅は笑みを浮かべ、左肩を大きく落として手を伸ばし、新たな構えを見せた。アーチーは左足を引きながら左手を前に出した。

田天寅は顔を扇《あお》ぐように右手をゆっくり上下させながら、下げた左手で虎爪《こそう》の構えをとった。アーチーは背を向けるや宙に飛んで一転し、そのまま蹴りを入れた。田天寅はその足を左手ですくい上げるようにしてかわし、アーチーは側転しながらその勢いを逃し、間合いを取ると、低い防御の姿勢をとりながらも両手は次の攻撃に備えた。田天寅の左に摺り足で回りこむと、目にも止まらぬ速さで絶え間なく斬りかかった。田天寅は流れるような動きで、その攻撃をことごとくかわした。手の動きはアーチーほど早くはないが、わずかな隙も見せない。

とうとうアーチーは動きを止め、彼に向きあった。田天寅も動くのをやめると、アーチーは右手で何かのしぐさをした。田天寅も同じしぐさをした。二人は向かいあったまま、三十秒はまったく動かずにいた。アーチーがまた右手を動かした。田天寅は左手を動かした。そして見つめあったまま、また三十秒が過ぎたが、アーチーが顔を傾けた。田天寅は鼻に手を当てた。アーチーの顔に当惑の色が浮かんだ。彼はゆっくりと身をかがめ、バルコニーの床に左の掌を当てた。田天寅は左の掌を上に向け、そのまま三インチばかり前に差し出した。両耳をぴくぴくさせながら、アーチーは尋ねた。「片手の拍手の音は如何に」

「胡蝶の羽ばたきの如し」

アーチーは立ち上がり、一歩踏みだした。田天寅は目の上に手をかざした。そのままの姿勢で一分が過ぎた。

田天寅が左に二歩踏みだし、空を蹴った。その足の軌道が、動きかけた自分の顎を捉えるのに気づき、アーチーは瞬間のうちに踏みとどまり、上体を捻って後ろに跳んだ。両腕を伸ばし、長い爪の先に力を入れて、二回転するうちにバランスを取り戻した。その間に田天寅はさらに一歩、左に移動していた。

額に汗を浮かべながら、アーチーは姿勢を低くして田天寅のまわりを円を描くように動きながら、爪での攻撃を試みた。

田天寅は右腕を肩の高さに構え、力を抜いた手首を垂らすようにしながら、ゆっくりした動きで彼に応えた。アーチーが跳躍しかけたとき、田天寅が深々と一礼したので、彼はかろうじて踏みとどまった。

「楽しいな」アーチーが言った。

「私もです」田天寅が答えた。

「死ぬときは白い花を撒いて送ってもらいたいものだ。貴様の手のような、白い花にな」

「願わくは花の下にて春死なん。やすらかなことでしょう」

田天寅は静かに身を起こした。アーチーは左腕を伸ばしながら、ゆっくりと手先で8の字を描いた。右手は震えていた。

急に田天寅が左に二歩進んだ。アーチーは時計回りに円を描きながら追ったが、彼が自分の周囲を回りはじめたので、その動きに合わせた。冷たい夜風の中、アーチーは左の蹴りを繰り出すために、体重を移動させて右でフェイントをかけた。田天寅は掌を下に向けて両腕を伸ばし、右腕をゆっくりと下げはじめた。アーチーは円を描くように首をまわした。肩を逆方向にまわした。両手は前進し、後退し、ときには揺らぎながら、相手の動きを追った。

田天寅は体を右に左にと傾げながら、右手をきわめてゆっくりと下げつづけた。そして、その身がまたも左に傾いだ。

「汝に問う」アーチーが言った。「雷光の色は？」

右手はまだ下がりつづけている。

アーチーはフェイントをかけてから一蹴りし、間合いを詰めると、両手の爪で宙に半円を描いた。田天寅は肩越しに振り返ると、左足を引いた。身を傾け、親指を立てた左手をアーチーの左脇に入れた。右手は股間を捉えた。彼の体重を感じたのは、左に体を捻ったときの一瞬だけだった。アーチーは手すりを越え、夜の闇に消えた。

「見るがままなり」田天寅は答えた。

彼は立ったまま、鼓動を数えながら夜を見ていた。そして、再び一礼した。

彼はパンツの右足の、外側の縫い目に沿った細長いポケットから、鉛筆くらいの太さの筒状のものを取り出した。重さを確かめるように持つと、その先を空に向けた。横にあるボタンを親指で押すと、その先端から細い赤い光線が発せられた。

手首で方向を定め、光線を手すりに向けた。幅八インチの石材に、細く深い溝が刻まれた。彼はスイッチを切り、光線を当てたあたりに近づいた。刻んだ溝を親指でなぞりながら、今になってはじめてバルコニーの下を見おろした。うなずいて背を向け、棒状のものをポケットに戻した。

足音を立てず、彼は階段から屋内に入った。見上げると、かつて知っていた古代の石造建築の、寒い回廊を連想し、視界が揺らいだ。

左の壁に寄りながら階段をゆっくりと昇る。最初のドアを通り過ぎ、次のドアへと向かった。目指すドアの前で彼は立ち止まった。下からは弱い光が漏れていた。彼は筒状のものを取り出すと、立ち止まり、耳を澄ました。中で動く気配があり、家具のきしみが聞こえたが、やがて静まった。

彼はドアの脇柱、閂《かんぬき》が通っているところに、武器の先端を向けた。しばらく動かずにいたが、武器を下げてドアに歩み寄り、そっと、そしてゆっくりと、ドアを押した。錠は下りていなかった。

脇に身を避け、武器を構えて、ドアを開いた。

田天寅は膝をついた。その手から武器が落ちた。

「知らなかった」彼は言った。

そして、そのまま額を床につけて一礼した。

1

レッドが宿泊費を支払い、部屋の損害の弁償をしていると、ターバンを巻いた小柄な賭博仲介者が、身なりに似合った異国風の香水の薫りとともに近づいてきた。

「おめでとうございます、ミスター・ドラキーン」彼は言った。「今朝はご機嫌よろしゅうに」

「たまにあるんだ」彼は振り向いて答えた。「たいしたことじゃない」

「いえいえ、勝ちのお祝いを申し上げたまでで」

「あれ、何かに賭けてたっけな」

「お賭けでしたとも。〈黒の十殺〉チャドウィック対ドラキーンで、ご自分の勝ちにね。ご記憶でない？」

「痛てっ！」レッドは鼻梁を撫でた。「そうだった、思い出してきたよ。悪いが、昨日のことはまだぼんやりしててな。馬鹿をやっちまったもんだ……待ってくれ、おれが勝ったということは、昨夜のうちに刺客が来て、おれを殺そうとしたがしくじったんだな」

「そういうことなんでしょうな。あなたが生き延びた知らせは行き渡ってる。勝ち金は現金で、それとも振り込みで？」

「振り込みで頼む。すると、何もなかったってことか？」

「はい、何も」男は書類を差し出した。「こちらの領収書にサインを。入金はすぐにご確認いただけます」

レッドは書類にサインをした。

「このあたりで騒ぎは起きなかったか」

「あなたの部屋で、とは聞いていますが」

彼は頭を振った。

「考えられんな。痕跡もなかったわけか」

「第五回戦にも賭けませんか」

「第五回戦？　今の支払い分を入れて、まだ三回しかなかったと思うが」

「記録では四連勝したことになってますよ」

「わけがわからないし、また賭けたら余計わからなくなりそうだ」

仲介人は肩をすくめた。

「おっしゃるとおりで」

レッドはバッグを手に取り、男に背を向けた。マンダメイが〈華《フラワーズ》〉を手に、滑るように近づいてきた。

「まったく、馬鹿をしたものね」出口に向かいながら〈華《フラワーズ》〉が言った。「賭けなんて！」

「もう言うなよ、昨夜のおれが起こした問題だとはわかってる」

「で、その問題を今朝のあんたが片付けなくちゃらならなくなった。チャドウィックはこの世界の時間という時間を使って、あんたを狙っている。駐車場まで出られるかどうかってところよ」

マンダメイはフラワーズと回路を接続した。

（たしかに、今日の彼は違って見えます）マンダメイが言った。（ですが、昨日の自分を他人のように言っているのは、何を意味しているのでしょうか）

（わたしも、彼とさほど長く一緒にいるわけではないので、この現象を理解できるほどの情報を得てはいない）〈華《フラワーズ》〉が答えた。（でも、知りあって以来、彼はこのような発作を三度は起こしているし、それから回復するたびに何歳か若くなって、別人のように振る舞うのを、わたしは見てきた）

（C11で会ったとき、彼はたしかに若返ったように見えましたが、人生の中のどの時点での彼なのかはわかりませんでした。前に尋ねてきたときは、もっと年嵩《としかさ》に見えました）

（何歳くらいに見えた？）

（たぶん、五十代かと思います。〈道《ロード》〉のずっと先で若返りの薬を手に入れて、使っているのかもしれません）

（わたしには薬学に関する情報がインプットされていないので、そのような薬があって、副作用である発作が起きるのかどうかは、わからない）

「ここを離れても、居続けるより危険が増すとは思えないな」レッドが答えた。

（性格の変化について教えてください）マンダメイが言った。（たとえば、一時的に合理的な思考ができなくなるとか？　久しぶりに再会したときからも、少し変わったようには思いますが、結論が出せるほどには彼の情報を得ていません）

（同じことが繰り返し起きているのだと思う。見た目が若くなり、熱意が増す……守りには入ろうとせず、チャンスを求める野心が増し、心身共に反応が早くなり、たぶんちょっとずつ意地悪で、傲慢で、向こう見ずになった……ひとことで言えば「無謀」ね）

（すると、彼がこれからしようとしているのは、もしかして——無謀なこと？）

（あり得る）

「レッド、車までは私が先に行きましょう」ロビーを横切りながらマンダメイが言った。

「その必要はない」

「前と同じようなことが……」

「大丈夫だ」

「どこへ行くの？」朝の日差しのもとで、〈華《フラワーズ》〉が言った。

「ずっと先まで」

「チャドウィック襲撃のため？」

「まあな」

「C27へ？　けっこう長旅になるけど」

「わかってる」

駐車場まで行き、車に乗りこんだとき、周囲には誰もいなかった。

「エンジンをかける前に」定位置に着くや、〈華《フラワーズ》〉が言った。「全システムの確認ね」

「頼む」

「レッド、今朝のあなたは調子がよさそうですが」マンダメイが言った。「正直なところ、どうなのですか。昨日のことはぼんやりしている、と言っていましたが。〈道《ロード》〉から離れて、どこかで休んでは？」

「休むだって？　おいおい、こんなに調子がいいのにか？」

「身体的に良好でも、精神的または感情的には、ということです。記憶が不確かなようであれば――」

「たいしたことない、大丈夫だ。心配するな。この発作のあとはちょっとぼんやりするものなんだ」

「発作というのは、どのような」

「わからないんだ。思い出せないからな」

「原因は？」

　レッドは肩をすくめた。

「知るもんか」

「特定のときに起きるものですか。パターンはありますか」

「気づきもしなかった」

「医師に相談したことは？」

「ない」

「なぜ？」

「治したいと思わないからな。起きるたびに自分が良くなっていくから。目覚めるたびに、それまで思い出せなかったことを思い出すから。新たに開ける視野は面白くて――」

「ちょっと待ってください。発作のたびに記憶障害が起きると言っていたのではありませんか」

「それもある。だが、別の側では、よりはっきりしてくる」

「全システム、安全を確認」〈華《フラワーズ》〉が言った。

「よし」

レッドはエンジンをかけ、出口に向かった。

十字軍の制服もぼろぼろな男を避けて幹線道路に出ると、若い男の運転する古い車が駐車場に入り、レッドがピックアップ・トラックを停めていた位置に入った。「かえってわからなくなりました」とマンダメイが言った。「いったい『別の側』というのは何なんですか。何を思い出したのですか。実際、あなた自身が経験したことを理解しているのですか」

レッドは溜息をついた。葉巻をくわえたが、火はつけなかった。

「たとえば、自分が爺さんだったときのことを覚えている」彼は話しはじめた。「おれはとても年老いていた。岩だらけの荒れ野を歩いていた。夜明け近くで霧が深かった。両足は傷だらけで血が止まらず、持っていた杖一本が頼りだった」

彼は葉巻を口の反対側の端に動かした。

「それだけだ」

「それだけ？　まだあるでしょう」〈華《フラワーズ》〉が口をはさんだ。「あんたは逆向きに成長してきたなんて言うつもり？　成長と言っていいのかはわからないけど。最初は老人で、若くなってきたとでも？」

「まさに、そういうことさ」レッドの口調は苛立っていた。

「カーブに気をつけて。――ということは、老人として荒れ野を歩いているよりも前のことは覚えていないの？　昨夜《ゆうべ》は何か思い出した？」

「脈絡のあることは覚えていない。霧の中、妙な形をした影が、おれのまわりをうろつくのが怖かったが、それでも歩き続けていた。そんな夢を見た」

「夢の中では、どこに行こうとしていた？」

「わからない」

「一人だった？」

「最初は」

「最初は、というと？」

「いつのまにか連れができていた。いきさつははっきりしないが、ばあさんの連れがな。辛いなか助けあっていた。そう、彼女はレイラといった」

「何年も前に私を訪ねてきたとき、あなたはレイラと一緒でした」マンダメイが言った。「でも、彼女はおばあさんではありませんでした……」

「そのレイラだ。おれたちはそれからも、離れたり一緒になったりしながら旅をしたが、年齢が若くなっていくのは、おれと同じだった」

「あなたとチャドウィックの仕事に、彼女はかかわっていなかったのですか」

「いなかった。あいつもチャドウィックのことは知っていたが」

「若くなっていくこの奇妙な過程の先はどうなるのか、あなたや彼女は考えていましたか」

「より大きなライフサイクルの中の、一時的な状態にすぎないと、あいつは考えていたようだった」

「あなたは？」

「たぶん、そうなんだろうと思う。おれにはわからないが」

「あなたのそのことを、チャドウィックは知っているのですか」

「ああ、知ってる」

「彼のほうがよく知っている可能性は？」

レッドは首を振った。

「なんとも言えない。可能性なんて言ったら、なんだってありそうだしな」

「彼があなたを狙う理由は？」

「おれたちがコンビを解消したのは、うまくいっていた仕事をおれが台無しにしたと言って、やつが逆上したからだ」

「実際に、したんですか」

「まあな。それというのも、やつが仕事のしかたを土台から変えて、おれには面白くもないものにしてしまったからだ。だから、ぶち壊して飛び出したってわけだ」

「ですが、彼は今でも裕福なんですね」

「今や大富豪さ」

「すると、動機が経済的なものである可能性は考えがたい。おそらくは、あなたが楽しく生きているのが妬ましいのでしょう」

「ありそうだが、だとしても何も変わらない。おれが知りたいのは動機ではなく、目的だ」

「私はただ、敵をより良く知ろうとしているだけですよ、レッド」

「わかってるさ。だが、話せることもたいしてないんだ」

車は高架の下を通って左折し、ランプに入った。車に落ちた影は、明るいところに出てもそのまま残っていた。

「今朝のあなたの部屋は大変なことになっていましたね」マンダメイが言った。

「ああ。いつもあんなふうにしてしまう」

「ドアが中国の文字を書いたように焦げていましたね。あれもいつものことですか」

「いや、初めてだ。あれは中国の『漢字』という文字だ。『幸運』という意味だった」

「なぜ書かれていたか、説明できますか」

「いや。できない。おかしなことが起きたもんだ」

マンダメイが割れたような甲高い音を立てた。

「笑ったのか？」

「昔、あなたが私の家に置いていった本を思い出しました。絵がたくさんある本で、どう読むか、あなたは教えてくれた」

「なんの話かと思ったら……」

「あれは漫画《カトゥーン》というものでしたね。絵に短い文章がついていた」

レッドは葉巻に火をつけた。

「面白くもない」彼は言った。

車には奇妙な影が張りつき、マンダメイはまた甲高い音を鳴らし、〈華《フラワーズ》〉は歌いはじめた。

2

空は明るくなり、また暗くなり、明暗の周期が長くなっていくのをランディが見ているあいだに、霧雨の寒い朝を車はサービスエリアに入っていった。窓に曇りガラスを入れた建物の横で、楓の木々の葉が赤や黄色の彩りを見せていた。彼は給油ポンプに車を寄せた。

「おかしいな」ランディが言った。「今は夏だ。まだ秋じゃないのに」

「ここは秋なの。ランディ、次の出口から南に向かうなら、南軍の攻撃を受けるかもしれない——出たところによっては北軍もありうるけれど」

「冗談のつもり？」

「本気よ」

「そうだよね。自分でもよくわからないんだけど、今はきみの話を信じる気になってる。でも、リー将軍率いる部隊がその道を行軍してワシントンを奪取しようとするのを阻《はば》むのは何だろう――そのときの大統領がクーリッジかアイゼンハワーか、ジャクスンかは知らないけれど」

「あなたは自分一人で〈道《ロード》〉に来たことはある？　なくても、話を聞いたことは？」

「ないな」

「見つけて行き来できるのは、限られた人や機械だけ。なぜかはわからない。〈道《ロード》〉は生きている。誰であれ、相性が良くなければ旅することはできない」

「ぼくと相性が良くなかったら？」

「わたしなら、それでも連れてこられたでしょう。案内役次第ね」

「すると、ぼくが一人で来られたかどうかは、まだわからないということかな」

「そうね」

「すると、リー将軍麾下の士官が一人、〈道《ロード》〉を知っていて行き来できたとしたら、どうなるだろう」

「そのうちわかると思うけれど、知っている人は自分だけの秘密にしておきたがるものよ。もし仮に、あなたが言ったようにできたとしたら、どうなるか。わたしがさっき言ったように、あなたは次の出口から南に向かうこともできる。もしその途中で、リー将軍の腹心ストーンウォール・ジャクスンを轢《ひ》いてしまったら、どうなると思う？」

「ああ、どうなるんだろうね」

「……そのとき、あなたはUターンして引き返したとする。そのとき、前にはなかった脇道が――どこか奥のほうに続いている道が、、あなたが戻ってこられるように〈道《ロード》〉にできているのに気づく。で、たどってみるとその脇道は分かれていて、事故を起こしたほうにも、起こさなかったほうにも行ける。でも、事故が起きたほうは悪い道だから、通る者もないでしょう。分かれ道の片方に通行が多くなれば、もう片方が消えてしまうこともある。ちょっと考えづらい例だけれど、もし消えてしまったら、そのあとにできるいくつもの脇道――Cを遡《さかのぼ》る道――を見つけるのはさらに難しくなるし、あなたが知っていたのとは違う、新しい道筋ができているかもしれない。脇道で迷って、出発点に帰れなくなることもね」

「でも、道だから、誰も通らなくても跡くらいは残るんじゃないのかな」

「理屈ではね――溝のようになり、草に埋もれたり川に流されたり、落石に塞がれたりしても、たしかに跡は残る。見つけるのは大変だけれど」

「脇道を元に戻すより、出来事の前の時点に戻って起きなかったことにするか、別の出来事を起こすかしたほうが、簡単そうだね」

「やってみればわかる。記憶とは変わってしまった所に立ち返って、違うところを取り除いていける？　一つの出来事を変えただけでは元どおりにはできないかもしれない。新たな変更をしても、あなたがどう変えるかで別の効果がはたらくこともありうる。たぶん、できるのは新しい脇道だけ――それでも、先にあった脇道に近いぶん、目的には叶うかもしれない。でも、役に立たないかもしれない」

「待って。話はいったんここまでにしよう。頭が追いつかなくなってきた。あとでまた聞かせてくれないか。ところで、どうしてここで止まったんだい？　まだガソリンを補給しなくてもよさそうだけれど」

「ここはセルフサービスだから。わたしの七十八ページを開いて、ポンプの横にある箱に伏せれば、クレジット・カードと同じで、前の持ち主の口座から料金が引き落とされる。そのとき、口座が生きているかどうかもわかる。あっちが最後に給油した場所もわかるかもしれない。わかったら、そっちに向かいましょう」

「了解」ランディは〈葉《リーヴズ》〉を手に取り、ドアを開けた。「口座の名義を聞いてもいいかな」

「ドラキーン」

「その名前の由来はわかる？」

「わたしにはわからない」

彼は車をまわって給油ポンプまで歩くと、〈葉《リーヴズ》〉を言われたように支払機の中に置いた。使用可のランプが点灯した。

「満タンにね」〈葉《リーヴズ》〉の声はくぐもっていた。「口座は生きてる」

「盗んでるみたいな気がする」

「何言ってるの。彼があなたの父親なら、ガソリン代くらい出すものよ」

ランディは車の給油キャップを開け、ノズルを差しこむと、レバーを上げた。

「彼が最後に給油したのは、C16の始め頃の休憩所みたい」ランディがトリガーを押すと同時に、〈葉《リーヴズ》〉が言った。〈そこまで行って、訊いてみましょう〉

「ところでさ、この世界の休憩所やガソリンスタンドは、誰が運営しているんだろう」

「あなたのいた世界になじめなかった人たちよ。放浪者とか、亡命者とか――帰るところもなく、新しいところにも馴染めない人たち。馴染もうとしない人たちも。さまよえる人々――帰る道を見失い、それでも〈道《ロード》〉から離れたくない人たち。旅に飽き果てた旅人たち――あらゆる場所を旅してしまい、ここみたいにいつでもどこでもないところが気に入ってしまった人たち」

「アンブローズ・ビアスも、このあたりで本を書いているかもしれないな」

「実を言うと――」

音を立てて給油が止まった。タンクの中で滴を切ると、彼はノズルを戻し、給油キャップを閉めた。

「今、C16と言ったね。それは十六世紀ということ？」

「そう。元いた場所を遠く離れて〈道《ロード》〉を旅する人たちはみな、〈フォアトーク〉という通商語のような言葉を使う。たとえば、アフリカのヨルバ語やマリンカ語やハウサ語みたいな一種の合成言語で、広く使われている。ところに寄ってちょっとした違いはあるけれど、必要なときはいつでも通訳するわ」

ランディは支払機から〈葉《リーヴズ》〉を出した。

「運転しているあいだに教えてくれないか」彼は言った。「ぼくは前から言語には興味があったし、その〈フォアトーク〉は役に立ちそうだ」

「喜んで」

彼と〈葉《リーヴズ》〉は運転席に戻った。

「ねえ、〈葉《リーヴズ》〉」座るや、彼は言った。「きみには光学スキャナーがあるよね」

「もちろん」

「きみのいちばん後ろ、裏表紙の内側に挟んである写真は見える？」

「見えない。向きが逆だから。どこでもいいから、ほかのところに挟んで。七十八ページだと――」

彼は写真を取り出すと、〈葉《リーヴズ》〉の真ん中あたりに挟んだ。数秒が過ぎた。

「見えた？」彼は尋ねた。

「見えたわ。スキャンもした」

「誰かわかった？　彼がドラキーン？」

「そう、たぶん本人ね。ここまで似ていて他人の空似もないだろうから」

「じゃあ、探しにいこう」

ランディはエンジンをかけた。

ランプに向かいながら、彼は尋ねた。「ドラキーンの仕事は？」

〈葉《リーヴズ》〉が答えるまで、しばしの間があった。「わたしには、よくわからない。かなり長いあいだ、いろいろなものを運んだ。荒稼ぎしていた。けっこう長いあいだ、チャドウィックという人と組んでいたけれど、その人は〈道《ロード》〉のずっと先のほうで仕事をするようになった。二人でした仕事で大きな権力を手にしたけれど、そのせいでレッドとは仲間割れした。わたしが彼に――そう、置き忘れていかれたのは、だいたいその頃のこと。あなたのときと同じで、いきなりいなくなったの。だから、レッドの仕事についてわたしが知っているのは、運送屋だったことだけ」

ランディは笑った。

「……でも、ずっと気になっていたことがある」〈葉《リーヴズ》〉が続けた。

「それは？」ランディが尋ねた。

「レッドも、さっき挙げたような人たちの一人――帰る道を見失ってしまった人なんじゃないかって。彼はいつも、何かを探して――追い求め、確かめているようだった。わたしには、彼がどこから来たのか、まったくわからなかった。多くの時間を、脇道を探るのに費やしていた。それからしばらくして、あちこちで物事を改変させようとしていたんだと思う。ただ、自分が何をどう再現させたいのかは、正確には思い出せないままだったみたい――あまりに遠い昔のことのように。たしかに、レッドは長らく、旅ばかりしてきたから……」

「それでも、クリーヴランドには落ち着いたんだな」ランディが言った。「短いあいだだったにしても」。それから、こう尋ねた。「レッドはどんな人？　性格とか、癖とかは？」

「難しい質問ね。ひとことで言うなら、落ち着きがない人」

「たとえば、正直か嘘つきか、いいやつなのか、ろくでなしなのか」

「時に応じて、そのどれにでもなった。性格はしばしば突然に変わった。でも、あとになって……わたしを置いていく前の頃、彼は自滅的になっていた……」

ランディはかぶりを振った。

「彼はまだ生きているから、会えるときを待つほかないんだと思う。ところで、語学の勉強をしてみない？」

「いいね」

1

レッドは急に右にハンドルを切ると、減速もせず狭い脇道に入った。

「いったい」〈華《フラワーズ》〉が言った。「何のつもり？」

「もう十二時間も運転してる」彼は答えた。「もう眠りたい」

「シートを倒して。わたしが代わる」

彼はかぶりを振った。

「このポンコツから下りて、ちゃんとしたところで休みたいんだ」

「なら、泊まるときには偽名を書いてね」

「名前を書くようなところには行かない。野宿がしたいんだ。このあたりは荒れ地だ。何の問題もない」

「ミュータントはいない？　放射能とか、地雷とかの心配は？」

「ないって。安心しな。ここには前にも来ている。安全そのものさ」

少しして彼は減速し、さらに細い、ろくに舗装のされていない脇道に入った。黄昏《たそがれ》の空はピンクと紫に染まっていた。行く先には、夕日に照らされた廃都が遠く見えた。彼はまたハンドルを切った。

「〝夕されば、そそり立つ厳《いか》めしき大柱、海の陽《ひ》に照り栄えて千の火のごと色染まり　玄武洞《げんぶどう》さながらの眺めかな〟」〈華《フラワーズ》〉が言った。「死の美術館でキャンプね」

「大げさなことを言うな」彼は答えた。

車は未舗装路に入った。丘を越え、狭い谷にかかった橋を軋《きし》ませながら渡り、崖の下をまわると視界が広がり、また廃都が見えた。点在するクレーターの底に、かつては地を走り空を飛んだ機械が錆びて横たわる平原に、レッドは車を入れた。彼は平坦な場所でブレーキをかけた。

車の屋根に張りついていた奇妙な影は、爬虫類じみた輪郭を取りながら、その暗さを増していった……。

「トラックの見た目を、まわりの廃物に紛《まぎ》れるよう偽装してくれ」レッドが言った。

「たまにはうまいことを考えるのね」〈華《フラワーズ》〉が言った。「頽廃派《デカダン》の美しい作品の完成までに五、六分をもらうわ。エンジンはかけたままにしてね」

車が外観を変えはじめると、影は急に縮まって丸くなり、屋根から落ちると、滑るような動きで墜落したエアカーの残骸のほうへと走り去っていった。レッドとマンダメイは車を下り、周囲にバリケードを作った。乾いた空気がかすかに揺らいで、夜寒の気配を運んできた。東の空には雲が広がっていた。どこかで虫の羽音がした。

そのあいだに、トラックの車体は歪《ひず》み、曲がりだし、凹《へこ》みは深さを増した。錆が斑点となって浮き上がってくるや、すばやく広がった。車体が傾いた。レッドは車内に戻ると、食糧の包みと寝袋を下ろした。エンジンが止まった。

「完成よ」〈華《フラワーズ》〉が言った。「どうかしら」

「ひどいもんだな」レッドは答えると、寝袋を広げ、包みを開けた。「さすがだ」

マンダメイが彼に近づいてきて止まると、小さな声で言った。「調査しましたが、周囲十キロメートル以内に、明確に敵意を示しているものはありません」

「『明確に』というのはどういう意味だ?」

「周囲の廃物の中には不発弾も、発砲されていない武器もありますので」

「地下には?」

「ありません」

「放射性物質や、毒ガスや、細菌兵器は?」

「ありません。安全です」

「ならば、生きてはいられるだろう」

レッドは食事をはじめた。

「長いあいだ、あなたは努力してきたと言っていましたね」マンダメイが言った。「古い記憶にある状況の再現に」

「そのとおりだ」

「今朝がた話してくれた記憶のことと関わりますが、その状況が再現できたとして、それがあなたが望んでいたものであると確信できますか？」

「これまで以上に確信している。ずっとよく思い出しているしな」

「もし、探している道が見つかったら、それをたどって故郷に帰るのですか」

「そうだ」

「あなたの故郷はどんなところですか」

「話したいが、言葉にしようがない」

「すると、あなたが見つけようとしているものは、何ですか」

「自分だ」

「あなたですか。残念ですが、私には理解できません」

「おれにもわからないんだ。ただ、徐々に見えはじめている」

空は暗くなり、一面に星が輝いていた。東の地平から、漂い出かけているかのように、月が覗いている。他の光は、レッドの葉巻の火だけだった。彼は陶器の瓶からギリシアのワインを飲んだ。冷たい風が吹きはじめた。かすかに聞こえる〈華《フラワーズ》〉の声は、ドビュッシーの曲かもしれない。深まる夜陰の中、影が渦を巻きながら、レッドの伸ばした足に這い寄った。

「ベルクウィニス」彼が静かに言うと、風ははたと止み、影は這うのを停め、何か混じっていたのか、葉巻の火が一度だけ音を立てた。

「知ったことか」彼は言った。

「今、なんと？」マンダメイが言った。「どうかなさいましたか」

「チャドウィックのことさ」

「彼を捕まえるために、今こうしているのではありませんか。他の選択肢はあなたの心を惹かなかったようでしたし」

「それだけの価値もない」彼は言った。「あのでぶの馬鹿野郎にはな。自分から闘いに出ようともしないようなやつだ」

「馬鹿野郎、ですか。つい先ほど、きわめて賢明な男だと言ってはいませんでしたか」

レッドは鼻を鳴らした。

「人間なんてそんなものさ。たしかにやつは賢いが、多寡が知れている。賢いからといって、何ができるというほどでもない」

「では、どうしますか」

「やつを見つける。で、いくつか白状させる。やつはおれのことをちょっとばかり口にしたことがあるが、もっと知っているはずだ。おれ自身が知らないこともね」

「あなたが思い出しつつあるものごとを？」

「そうさ。そのとおりだ。おれは――」

「不明の対象物を感知」

レッドは立ち上がった。

「近いか？」

影は車の後部に這いこんだ。

「近くはない。しかし、接近中」

「それは動物、植物、あるいは鉱物？」

「機械みたい。慎重に接近してくる……トラックに乗って！」

レッドが車に乗るやいなや、エンジンが始動した。ドアが音をたてて閉まった。車体が偽装を解除しはじめた。

〈華《フラワーズ》〉が突然、マンダメイの声を伝えだした。

「なんと見事な殺戮機械か！」声が言った。「有機物の部品は余計だが。それにしても、きわめて巧緻な設計だ」

「マンダメイ！」震動するトラックの中から、レッドは叫んだ。「聞こえるか？」

「もちろんですとも、レッド。こと、このような事態であなたの声を聞き逃しはしません。おお、なんという速さだ！」

トラックが軋み、捩《ねじ》れた。エンジンが止まりかけ、音をたてた。ドアが開き、すぐに閉じた。

「それは何なんだ？」

「大型の、戦車のような機械です。搭載している武器がとてつもなく多い、体から剔出《てきしゅつ》された人間の脳髄に制御されていますが、どうもその脳髄がおかしくなっているようです。もともとこのあたりにいたものか、運びこまれてあなたを待ち伏せしていたものかは、わかりません。これをご存じですか」

「そんな戦闘車輛の話を聞いたような気もする。どこで聞いたかは思い出せないが」

突然の夜明けのように空が燃えあがり、炎の波が車に向かって押し寄せてきた。マンダメイが片腕を挙げると、炎は見えない壁に突き当たったように止まり、三十秒ほど燃えあがってから、鎮まった。

「核兵器も搭載か。たいしたものだ」マンダメイが言った。

「だったら、なぜおれたちは無事なんだ？」

「私が止めました」

一瞬、マンダメイの片腕が閃光を放ち、遠い丘に火が燃えあがった。

「やつの真ん前にいます」マンダメイが言った。「クレーターがあるので、速くは動けません。レッド、すぐに行ってください。〈華《フラワーズ》〉、運転をお願いします」

「了解」

トラックは進行方向を変えて平原を横切りはじめたが、車体は悪路に弾みながらも形を変えつづけていた。

「おい、いったいどうするつもりなんだ？」

夜空がまた燃えあがったが、小さな火の玉は食い止められ、弱められたうえで押し戻された。

「あなたが無事にここから脱出することを」マンダメイの声がした。「やつを倒すことより優先します。〈華《フラワーズ》〉はあなたを〈道《ロード》〉まで連れていってくれますよ」

「やつを倒す？　どうするんだ。できもしないのに――」

大爆発が起き、そのあとは空電の雑音が聞こえるばかりだった。トラックは揺れながら平原を進み続けた。砂塵で周囲が見えない。

「――機能は完全に回復しました」マンダメイの声が聞こえた。「〈華《フラワーズ》〉が私の回路を解析し、自分で修理できるようにしてくれたのです――」

再び爆発が起きた。レッドは振り向いたが、平原は煙と砂塵に覆われていた。一時、音が聞こえなくなり、また聞こえたと思ったときには、〈華《フラワーズ》〉に話しかけられていた。

「――行き先は？　どこに行くつもり？」

「どこって？　ここを脱出するだけだ」

「目的地はどこ？　座標を教えて！　早く！」

「わかった。C27、十八番出口から四つめの角を右に、そこから二つめの角を左、そのあと三つめの角を左。大きな白い建物がある。ゴシック建築風のやつだ」

「聞いた？」〈華《フラワーズ》〉が言った。

「はい」空電の中からマンダメイの声が聞こえた。「ここを切り抜けたら、〈道《ロード》〉を見つけて、あとを追います」

またも爆発音が轟《とどろ》き、空電はそのあとも途切れなかった。未舗装路に出ると、車は道に沿ってさらに走りつづけた。

2

ランディはロビーで、ヴィクトリア朝のいでたちをした、痩身の紳士をつかまえた。彼の鞄はドアの脇のベンチに置いてあった。紳士は薄くなりかけた、明るい色の髪を掻きあげた。

「……いかにも」彼は言った。「三日前でしたな。ここの駐車場で銃撃があった。私は休暇を楽しみに来たのですが。暴力を目にするとは！」そう言うと、身震いした。唇の左端が痙攣した。「ミスター・ドラキーンはその夜に出立しました。どこに向かったかは、存じませんな」

「誰か、わかりそうな人はいませんか」ランディは尋ねた。

「ここの支配人――ジョンスンなら、たぶん。知り合いのようでしたから」

ランディはうなずいた。

「どこで会えるかはご存じですか」

紳士は唇を噛んでかぶりを振り、ランディの肩越しに、ダイニングルームの向こうのバーに目をやった。バーでは目の覚めるような赤毛の女と、肌の黒い厳《いか》つい男が、口論の最中だった。

「残念。今日は休みのようですな。今どこにいるかは知る由もない。バーがフロントになっているから、そちらでお尋ねになるといいでしょう。では」

彼はランディの脇をまわり、口論している二人のほうにおずおずと一歩踏みだした。そのとき、口論が終わった。女は優しげな声で男をからかうようなことを言うと、笑みを浮かべて彼に背を向け、ロビーに向かって歩きだした。

紳士は溜息をつくと、またランディの脇をまわって鞄を手に取った。歩み寄る赤毛の女に腕を差し出す。女は腕を組むと、連れだってドアに向かった。男は外に出る前に振り向き、ランディに一度だけうなずいて見せた。

ランディがバーに入ると、赤毛の女と口論していた男が、彼をじっと見つめた。

「失礼、前にどこかで会ってはいないかな」彼は言った。「見覚えがあるものだから」

ランディは男の黒い顔をじっと見た。

「私はトバという者だ」男は言い足した。

「いや、会ってはいないでしょう」ランディは答えた。「ぼくはランディ・カーテッジ。C20から来ました」

「どうも人違いだったようだ」トバは肩をすくめた。「ビールをおごらせてくれないか」

ランディはバーを見渡した。内装は無垢材と鉄ばかりで、真鍮も鏡もない。客は、フロント兼用のバー・カウンターに四人、テーブル席に二人。

「バーテンダーはちょっと外してるんだ。ビールは自分で注いでかまわない――いつもこんなで、気楽なものさ――お代はバーテンダーが戻ってきたら払うよ」

「わかった。ありがとう」

ランディは藺草《いぐさ》を撒いた床を横切ってバーカウンターに入ると、ジョッキを取ってラックの樽からビールを注ぎ、テーブル席のトバの向かいに座った。右側には酒の半分残ったグラスが残り、椅子はテーブルから離れたところで斜めに向いていた。

「……雌犬が」トバはつぶやいた。それから「ここには仕事で?」と尋ねた。

ランディは〈葉《リーヴズ》〉をテーブルに置くと、ビールを一口飲んでかぶりを振った。

「人を探しているんですが、どうもここですれ違ってしまったみたいで」

「私は正反対の問題を抱えているよ」トバは言った。「捜している相手がどこにいるかはわかっているんだ。ここに立ち寄ったのは昼食をとるためだった。だが、一緒に仕事をしている馬鹿女が、誰ともつかぬ男をひっかけて、廃墟なんぞを見に行ってしまった。ここに宿をとって、あいつが男に飽きるのを待ってなくちゃならない。まあ、一日か二日だろうがね。まったく嫌になる！

ところで、あの男は何者だね？」

「えっ？　誰のことですか」

「きみの友達さ。さっきまで話していたイギリス人だよ」

「いやあ、知らない人なんです。ちょっと尋ねてみただけで。ジャックと名乗っていましたが、聞いてもしかたないですよね」

「まあ、もう気にしなくてもよかろう。運の悪い男だ」

トバは二杯めのビールを注いできた。ランディもつきあった。

「何だって？」カウンターの客の一人が、フランス訛りの声をあげた。「C17を越えたことがないのか。おいおい、C20の初期まではいかないと、生きている値打ちがないぜ。何をしにって？　空を飛びにさ！　天空を翔《かけ》る自由を知って、はじめて人間は完全になるんだ！　飛行船じゃ田舎家の客間に座ってるのと同じだ――そんなものじゃない！　小市民《プチ・ブルジョワ》みたいな心配は無用、軽飛行機の操縦席の窓を開け、雨や風を感じ、世界も雲も見下ろし、星に近づこう！　きみも変わるぞ、嘘じゃない！」

ランディは声の主に目を向けた。

「あの人は、もしかして」彼が言いかけると、トバは笑った。だが、そのとき入ってきた一人の女に、二人とも目を惹かれた。

彼女はレストランの正面ではなく、客室に通じる廊下側の入口から来た。ブラックジーンズの裾を折って、やはり黒の、飾り気のないブーツをのぞかせ、褪せたカーキ色のシャツを着て、黒髪の下の広い額には黒いスカーフを巻いていた。くっきりした眉の下には大きな緑の目、唇は口紅をつけていなくてもくっきりと赤い。くびれたウエストには幅広の厚いベルト、その右側のホルスターからは銃の台尻が突き出し、左側にはハンティングナイフの鞘が低く下がっている。身長は六フィート近く、肩幅はやや広く、背筋を伸ばし胸を張って歩いている。手にした革のハンドバッグはフットボールのようだ。

バーの中を一瞥すると、早足でランディとトバのいるテーブル席に歩み寄り、ハンドバッグを荒っぽくテーブルに置いた。

赤毛の女のグラスがトバのほうに倒れ、残った酒が彼の膝にこぼれた。

「なんてこった！」トバは立ち上がり、濡れたトラウザーズを払った。「今日はついてない」

「ごめんなさい」彼女は笑みを浮かべて言うと、ランディに目を向けた。「あなたを捜してたの」

「えっ？」

「私は部屋を取って、寝てくるよ」トバは何枚かの紙幣を濡れたテーブルに投げた。「きみに会えてよかったよ。幸運を祈る。まったく、なんてこった」

「ビールをごちそうさま」去っていく彼に、ランディは言った。

彼女は赤毛の女が座っていた椅子に掛けると、流れる酒の行く先から〈葉《リーヴズ》〉を避けた。

「まちがいない、あなたね」彼女は言った。「あの男から引き離せてよかった」

「なぜですか？」

「嫌な感じがしたから。直感だけど、それで十分でしょう。ハイ、〈葉《リーヴズ》〉」

「ハロー、レイラ」

なぜ彼女の声に聞き覚えがあったか、この瞬間にわかった。

「あなたの声は――」ランディは言いかけた。

「そう、〈葉《リーヴズ》〉の声はわたしの声」レイラは言った。「レイドがこの機械を手に入れたときに、わたしを母型《マトリックス》にするのが都合よかったから」

「機械なんて呼ばないで」〈葉《リーヴズ》〉がやや意地の悪げな口調で、ゆっくりと言った。「女性代名詞でお願い」

「ごめんね」レイラは彼女の表紙を軽く叩いた。「訂正するわ。気を悪くしないで」そして、ランディに笑いかけた。「ところで、名前は？」

「ランディ・カーテッジ。よくわからないんだけど――」

「もちろん、わからないでしょうけど、それはたいしたことじゃない。アフリカのカーテッジ――カルタゴはとてもいいところよ。そのうち行ってみましょう」

「この女《ひと》の誘いに乗ると」〈葉《リーヴズ》〉が言った。「あとで背中にギプスをつけることになるわよ」

レイラは、今度は表紙を強めに叩いた。

「昼食《おひる》は済ませた？」彼女が尋ねた。

「今、時間の感覚がおかしくなっているんです」ランディは答えた。「でも、次の食事ということなら、これからです」

「じゃ、席を変えましょう。わたしがおごるわ。おなかが空いてちゃ出発できないから」

「出発？」

「そう」彼女はバッグを摑んで立ち上がった。

ランディはレイラを追ってダイニングルームに入った。彼女は奥のテーブルを選び、部屋の角を背にして席についた。彼は向かいの席につくと、二人のあいだに〈葉《リーヴズ》〉を置いた。

「よくわからないんだけど――」彼は繰り返した。

「まず注文しましょう」彼女はウェイターを身振りで呼ぶと、ロビー寄りのテーブルで食事をしている客たちに目をやった。「食事が済んだら、すぐにC11に出発よ」

ウェイターが来た。レイラはかなりたっぷりと注文した。ランディも同じくらい頼んだ。

「C11には何が？」ランディは尋ねた。

「あなたはレイド・ドラキーンを探している。私も捜している。二、三日前、彼はわたしをここに置いて、そっちに行った。二羽めの黒い鳥が彼のまわりを飛んでいるのが見えた」

「なぜそれがわかったんですか？　ぼくが何者かも。黒い鳥って何のことですか？」

「あなたが誰かはわからなかった。今日の午後に『草の葉《リーヴズ・オヴ・グラス》』を持った男がバーに来る、彼もレイドを探している、でも害意はない、ということはわかった。だから、あなたに会って一緒に捜そうと、下りてきたの。彼は旅の途中で、今も助けを必要としていると知っていたから」

「そこまでは、わかりました」彼は言った。「でも、あなたがどうやって知ったのかが、わかりません。どうして、ぼくがバーにいるのがわかったんですか。どうして――」

「わたしが説明する」〈葉《リーヴズ》〉が割って入った。「そうしないと、一日じゅう話してるだろうから。レイラの会話パターンは雪崩《なだれ》みたいなの。もらったのは声だけで、会話パターンまでじゃなかったのを感謝してるわ。ランディ、彼女は超常能力の持ち主よ。本人は石器時代の儀式や魔術みたいな呼びかたをしているけれど、結局は同じことね。予知能力の精度は七十五パーセント、もしかするともっと高いかも。彼女が見たことは、だいたいあとで起きる。偶然では済まされないほど高い頻度で。困るのは、他の誰もが自分の能力を理解していて、物事が自分と同じように見えていて、それを自然に受け止められるかのようにふるまいがちなこと。あなたが来るのを彼女が知っていたのは、ただ知っていたから、としか言いようがない。この説明でわかってもらえるといいんだけど」

「ああ、いくらかはわかったよ」彼は言った。「まだわからないことはあるけど。レイラ、今の〈葉《リーヴズ》〉の説明は、合っていましたか」

「見事なものね」レイラは言った。「わたしが言うと言い訳みたいになりそうだから、それでいいことにしておくわ。あなたが来るのは本当に見えたし」

「それでも、あなたがどこの誰で、なぜレッドの無事を案じているのかは、まだわかりません」

「長いあいだにいろいろな付き合いかたをしたけれど、一番は特別な旧友といったところね」レイラは言った。「似た者同士だし。お互い、借りも貸しもたくさんありすぎて、わからなくなるくらい。で、待っててくれって言ったのに、あいつ、わたしを置いて行ってしまった」

「それは予見できなかった？」

彼女はかぶりを振った。

「間違いは誰にでもあるもの。〈葉《リーヴズ》〉が言ったとおりよ。で、あなたはレイドとはどんな間柄？」

「レッドはぼくの父だと思います」

レイラは彼をまじまじと見た。その顔から、会ってから初めて、表情が消えた。彼女は唇を咬んだ。

「気づかなかったなんて」彼女は声を絞り出した。「もちろん……生まれはどこ？」

「C20、オハイオ州クリーヴランドです」

「彼、そこに行ってたのね……」ようやく目をそらした。「面白い。もうお料理が来るわ。今見えたから」

トレイを手にウェイターが現れた。

「ぼくと一緒にいた、あのトバという男《ひと》の、どこに嫌な感じがしたんですか」食事を始めながら、ランディが尋ねた。

「黒い鳥と関わりがあるのが見えたの」食べる合間にレイラが言った。

「黒い鳥というのは？　聞くのはこれで二度目ですが」

「レイドは〈黒の十殺〉の標的にされている。黒い鳥は、彼を狙う追っ手よ」

「〈黒の十殺〉ですって?」〈葉《リーヴズ》〉が言った。「彼、何をしたの?」

「まずい相手を敵にまわしたみたい。チャドウィックだと彼は思ってる」

「なんてこと!　チャドウィックは卑怯な手をためらわないやつよ」

「それはレイドも同じでしょ?」

「そりゃ、そう思ったこともあるけれど――」

「誰かがレッドの命を狙ってるってこと?」ランディが口を挟んだ。

「そう」レイラが言った。「何でも手に入れられるようなやつがね。あっちこっちで賭けになって、大きな金額が動いてると思う。掛け率はどのくらい?　どちらかに賭けてみてもいいかも」

「レッドの負けに賭けても?」

「掛け率と状況と――他のあれこれによるね。彼を助けるのはもちろんだけれど、一攫千金を逃したくもないから」

「こういうとき、あなたの能力は途轍もなく有利じゃない?」

「まさにね。それに、わたしはお金が好き。第二回戦に賭ける時間がないなんて!　今賭けるならレイドのほうよ」

「彼はぼくの父親かもしれないのに?」

「お互い長い付き合いだから。わたしが追われていたら、彼はきっと賭ける。大枚はたいてね」

ランディはかぶりを振ると、食事に集中した。

「あなた、変わってるね」しばらくして、彼は言った。

「たぶん、ちょっとばかり開けっぴろげかもね。誰が相手でも、自分の立場を決めるのに三日も考えやしないし。わたしはいつだって彼の味方。ウェイター！　葉巻を一箱お願い――上物をね」

「その〈黒の十殺〉から」ランディが言った。「彼を脱出させるには、どうすればいい？」

「すべての刺客を撃退してもらうほかないと思う。ゲームが終わるまで」

「そのチャドウィックというやつに、ゲームを中断させたり、もう一度最初から始めさせないようにしたりする手は？」

「そこはルールがあるから。参加者はルールに従わなくてはならない。従わない者は、ゲーム委員会に参加を禁止されるし、そうなるともう許可が下りなくなる。面目丸つぶれってところね」

「それでチャドウィックを封じることができると思う？」

「まさか、無理よ！」〈葉《リーヴズ》〉が口を挟んだ。「委員会はC25にあるけど、何の力もない。〈道《ロード》〉で頻繁に起きる争いごとを見て楽しむために、自分たちの時代で勝手に合法化した、サディストの年寄り連中でしかないんだから。チャドウィックがこれでレッドを殺せなかったら、他のやりかたに変えるだけ。要するに、こんなゲームは馬鹿げているってことよ」

「レイラ、それは本当？」

「まあ、そうね――ただ、今の彼女の話からは、委員会がなかったら賭け率が大混乱におちいる、という事実が抜けている。これも今の事態の重要な構成要素よ。あなたは背景の情報を知っておいたほうがいい。だから今、こうして話しているわけ」

「チャドウィックはゲームのルールを破ると思う？」

「たぶんね」

「レッドが逃げきるのを、ぼくたちはどう手手伝えばいいんだろう」

「もちろん、レッドもルールを破るだろうから、それを手伝えばいい。どうするかは、わたしにもまだわからない。まずは彼に追いつかないと。食べ終えたら、すぐ出発よ」

彼女がダッフルバッグを取りに部屋に戻っているあいだに、ランディは〈葉《リーヴズ》〉に尋ねた。「あの女《ひと》のことはどのくらい知ってる？　どれだけ信用できそう？」

「レッドはレイラを信用してたわ。二人のあいだには、何か強いつながりがある。彼女を信用していいと思うわ」

「よかった」ランディは言った。「彼女を信用する気になっていたんだ。でも、これからどうなるんだろう」

数分後に戻ってきたレイラは、ダッフルバッグをかつぎ、葉巻をくわえた口に笑みを浮かべ、うなずいてドアのほうに首を振った。

「支払いもチェックアウトも済ませた」彼女は言った。「出発よ。葉巻はどう？」

ランディはうなずくと、〈葉《リーヴズ》〉を抱え、レイラがよこした葉巻の包みをむきながらあとに続いた。

1

「〈華《フラワーズ》〉？」

「なあに、レッド？」

「いい走りだ。感謝するよ」

「それだけ？」

「いや。わかるか？」

「あんたがただ人を褒めたり労《いたわ》ったりすることはないから。いつも何かのあとにつけるか、言いたいことの前置きにする」

「本当か？　気づかなかったな。たぶん、そうなんだろう。なあ、今の自分に飽きちゃいないか。新しいアバターに移るとか、より高度なコンピュータの一部になりたいとかは思わないか。あるいは有機的な、生きた体の意識になってみたいとか？」

「たしかに考えたこともあるし、なってみたくもある」

「これまでの働きぶりのすべてに礼がしたいんだ。どうなりたいか決めたら、次のサービスセンターに寄ってくれ。しかるべき機関に送ってもらうよう手続きをして、そこでしばしの別れだ。請求はそっくり、おれの口座に来るようにしておく」

「ちょっと待って。ケチなくせに何言ってるの。あんたらしくもない。どうしたの？　あんたのことなら何でも知ってるものだと思ってた。何か見逃してた？」

「かみさんの五、六人分は疑いぶかいんだな。これは心からの申し出な――」

「よしてよ！　わたしはもう用なしってこと？」

「おれはただ――」

「あんたのことなら、奥さんの五、六人分は知ってる。ごまかさないで。はっきり言ってよ。どういうこと？」

「もうそろそろ、おまえに手助けしてもらわなくてもいい頃合いだろう、と思っただけさ。ずっと真面目に、いい働きをしてくれてるからな。おれにできる礼は、こんなものでしかないが」

「今にも引退するか、死ぬかするみたいね。どっちにするつもり？」

「どっちもないような、あるような。自分でもはっきりわからない……今の状況を変えようと思っているんだが、そのせいでおまえが壊れるようなことは避けたい」

「わたしを何だと思ってるの？　電卓？　ものごとに関心がないみたいに思われるなんて、舐められたものね。切り出した以上、ちゃんと最後まで聞かせてくれないと、置き去りにしようったって放さないよ」

「うん」

「……もし、わたしが納得していないのに新しい仕事に就かせるつもりなら、この車をあんた用の檻に変えられるってことは、覚えておいてね」

「負けたよ。話さずに済ますつもりだったが、ちゃんと説明しないわけにはいかないな。よし。夢とはどういうものか、おまえにはわからないかもしれないし、おれが繰り返し見る妙な夢となると……」

「理屈でわかる。続けて」

「いちばんよく見るのは、自分では動くことなく、暖かい気流に乗って空を飛び、刻々と変わっていく地上の景色を、ときには海を見下ろしている夢だ。いつまでも飛びつづけ、地上のすべてが内に秘めているものを見通す。落ち着いたような皮肉っぽいような心持ちになって、そこに言葉にできない気持ちが混じってきて、楽しくなってくる。昼と夜が切れ間なく入れ替わって、繰り返し行き過ぎていくように見える。ただそこにいるだけで喜びを覚えているが、それは夢の中でしか得られないともわかっている。おれには力が――途轍もない力があるが、それを使うにはあまりに怠惰だとも。おれはただ空を漂っている――」

「頭を休めるのはいい条件のようね。よかったじゃない」

「それだけでは終わらなくて、夢を見るたびに違うことが起きるんだ」

「どんなことが？」

「おれはさまざまなところの上空を飛ぶ――戦場も、都市も。戦場と化した大都市や、荒野や、噴火している火山や、船の行き交う海や、たくさんの小さな町や、自然のものが何一つない、目まぐるしい都会の眺めも。それがどこなのかは見てわかる――バビロン、アテネ、ローマ、カルタゴ、ニューヨーク――どこでも、いつの時代でも。だが、不思議なもので、初めて見る知らないところも限りなくある。おれは翼を羽ばたかせる。〈道《ロード》〉の上を。見下ろす風景は玩具じみて、鉄道模型か地図のようでもある。おれたちが〈道《ロード》〉を拓いた。その存在を知ったわずかな者たちが、起こりうることを求めて枝道や脇道を駆け巡っているのを見るのは面白い。よくはわからないが――」

「おれたちって？　ねえ、レッド、それって誰のこと？」

「知っている言葉だと、ベルクウィニスのドラゴンたちと言うのが、いちばん合っていると思う。今しがた思い出したんだが――」

「あんた、夢ではドラゴンなの？」

「感覚といい、見た目といい、そう言うのがいちばん合っているように思うんだが、正確かと言われると違うような気もする」

「わからないなりに面白いよ、レッド。でも、今あんたが抱えている問題や、わたしをお払い箱にする話と、どう関わっているの？」

「夢じゃないんだ。現実なんだ。ここのところ、命を狙われつづけているうちに、記憶が夢になって蘇ってきている。どうもおれには、何かの変化が起きているらしい」

「現実？　一人の人間がドラゴンになる夢を見ているんじゃなくて、その反対ってこと？」

「そんな気がする。あるいは、どっちでもないか、どっちでもあるか。わからない。ただ、思い出すたびに、現実だと感じる。今ここにこうしているように」

「その——あんたの言うベルクウィニスのドラゴンたちが——あんたもその中に入ってるみたいだけど——〈道〉《ロード》を造ったの？」

「造ったといっても、建造したわけじゃない。本に索引をつけるみたいに、編集したか、構成したんだ」

「すると、わたしたちが走っているのは抽象的な概念の上ってこと？　それとも、夢の中？」

「どう呼ぶのがいいかは、おれにもわからない」

「レッド、わたしは一緒にいる。あんたが正気を取り戻すまで」

「だから、見たことの全部は話したくなかったんだ。そう言われるだろうと思っていたからな。一時的に自分だけに見えるもう一つの現実なんて、説明してもわかるやつはいない。それに、自分の正気は自分がわかってる」

「今『見たことの全部は』って言ったけれど、ということはまだ話していないことがあるのね。それに、なぜあんたがわたしをお払い箱にしたいのか、まだ聞いていない。そっくり話してよ」

「こういう話にだけはしたくなかったんだがな……」

トラックが大きな音をたてて軋《きし》んだ。助手席のシートがレッドに向かって折れ曲がった。ハンドルが前に伸びてきて、珍しい黒い花のような形にねじれた。ルーフが低くなり、頭を押さえた。グローブボックスから鉤爪《かぎづめ》のある腕が這い出し、摑みかかってきた。荷台では、影が潮の流れに乗った海藻のように揺らいでいた。

「あんたを人間用のサービスステーションに運んでいって、身体的ならびに精神的に完全な整備を受けさせられるんだけど。そうしてはいけない理由を説明してくれないかぎりはね」

「それもしたくはないんだが」レッドは言った。「おれの負けだ。了解。楽にさせてくれよ。おまえの気に入らないようなことはしないから、落ち着いてくれ」

鉤爪はグローブボックスに戻ると、また出てきたときには火のついた葉巻を持っていた。ハンドルが本来の形に戻り、ルーフが上がり、シートがまっすぐになった。

「ありがとう」彼は葉巻を受け取り、ひと吹かしした。

急に〈華《フラワーズ》〉が歌いだした。

魂のすべてを　要約して
ゆっくり　それを吐き出すと
煙の輪が　いくつも生まれ
次の輪のなかに　廃絶されて
証《あか》している　どこかで葉巻が
燃えている　巧妙に　偶然

灰が　離れてくれればよい
明るいその　火の接吻から

かくの如く　恋歌のコーラスが
唇に　宙を舞いつつ　現れて来る
排除することだ　君が始めるなら
現実などは　浅ましいから

意味がはっきりしすぎては　帳消しになる
漠たる　君の文学のほうは

レッドは笑った。

「ふさわしいな」彼は言った。「それにしても、おまえのプログラムはボードレール仕様で、マラルメも入っているとは思わなかった」

「わたしは頽廃派《デカダン》仕様よ。その理由がわかってきた。あんたは何でも、自分の技量を超えたことをしたがるの」

「そうは思わなかったな――少なくとも意識したことはなかった。当たっているかもしれない」

「当たっているのは詩の文句よ。葉巻を一服して現実を忘れなさい」

「おまえの深遠さには驚くよ」

「おだてないで。わたしが一緒にいるのは、なぜ？」

「端的に言えば、そういう感覚をもつ存在だから、おまえが好きなんだ。だから、おれはおまえを守っていたい」

「相手を殴るにしても、わたしのほうが有利にできている」

「そういう危険からじゃない。おまえが壊されてしまうような――」

「繰り返しになるけれど――」

「そうやって口をはさんでばかりいるから、肝心な話ができやしない」

「これまでだって話してくれなかったくせに」

「わからないんだ。どっちが夢なのか。車で走っているほうのおれか、空を飛んでいるほうなのか――わからない。だが、それはたいしたことじゃない。ここにいるおれは、夢を見ているほうなんだからな。おれが年寄りだった頃、一緒にいた女が考えていたことがあったが、それが正しかったと、たった今わかったんだ。おれみたいな血の流れているやつらはみな、成熟する前に〈道《ロード》〉を若くなるほうに向かわなくてはならない――つまり、生まれながらに気難しく、ひねくれて、年老いているから、そうやって自分の成熟を、つまり若さを見つけなくてはならないんだ。〈道《ロード》〉がある理由はそこにあるのかもしれないし、そこを旅する者はみな、同じ血を引いているにちがいないと、今おれは思っている。

合っているかどうかはわからないが」

「根拠のない考えはほどほどにね」

「わかったよ。レイラは次第に自滅的になっていって、一緒にいるのが危険なほどになったが、お互いの進むそれぞれの道は、不思議なほどに交差を繰り返していた。自滅的になるのは彼女のほうが先だった——自分がそうなったと気づいたときには、おれは自分を抑えようとした。彼女のほうがいつも、おれよりも鋭敏だったんだな——」

「待って。レイラって、あのC16で小火《ぼや》を起こした女《ひと》と、あんたは老人だった頃に一緒にいたというわけ?」

「そうさ。また彼女に会えたら、おまえも確信できるだろう。おれたちはもと来たところまで帰る道を、まず一緒に探し、そのあと別れてそれぞれで探した。だが運がなかった。ある日、〈道《ロード》〉にまつわるものが、記憶にあるものから変わっていることに、おれは気づいた。そこで、見えるさまが記憶と一致するよう変えていこうとした——すべてが覚えているとおりになったら、見失った道筋を見つけられると望みをかけてね。だが、この世界はひどく乱雑で、厄介にすぎた。あちこちいじったくらいでは、昔見たとおりに変えることなどできないと、今はわかっている。いや、そのことにはもっと前から気づいていたんだと思う。だが、他の方法を思いつかなかったから、そのままがんばって続けた。そこに、チャドウィックが〈黒の十殺〉を仕掛けてきたが、そうしたらものごとが元に戻りはじめたんだ」

「どんなふうにかって、わからないとまずい？」

「いや」

　レッドは煙を吐き、ウィンドウの外を見やった。小さな黒い車が通り過ぎていった。遠ざかるのを目で追いながら、彼は続けた。「命が脅かされはじめると同時に、発作は頻繁になり、夢はさらにくっきり見えるようになってきた。その夢が真実であることが、次第に確信できるようになって――突然、その原因がおれ自身の危険にあると気づいた。これまでのことを思い出してみた。危険が身におよぶたびに、おれは同じようなことを経験していた。廃都のキャンプで装甲車が攻撃してくる前、ふと眠りかけたときに、チャドウィックがくわだてた復讐が、偶然だがおれに恩恵をもたらしているのだと気づいた。逃げているあいだに考えた。これが偶然でなかったとしたら？　あいつが自分でも気づかないまま、おれを助けようとしているのだとしたら？　おれとあいつは同じ血を引いていて、これから起きることを察しているのではないか、と……」

　言葉が途切れた。

「ねえレッド、真面目な話、あんたはこのあいだの発作で、少し頭がおかしくなったんだと思う。言ってることの辻褄が合わない。話さないでいることがあるのならともかく」

「おれには友達がそれなりにいるが、この厄介事のさなかだというのに、誰一人、何一つ言ってよこさない。おれを助けようと、チャドウィックを始末しようとするやつも、いるかもしれない。もしそんなことがあったら、止めないといけない。それが今の旅の目的になった」

「やれやれ。赤鰊《ごまかし》もいいところね。でも、その奇天烈な理屈を認めてみれば、自分を殺そうとしている男の命を救いたいという、あんたの突然の願望もわからなくはない。でも、そんなことはどうでもいい。どうせ、わたしの気をそらすためのでまかせだろうから。伏せていることがあるのはお見通しよ。話しなさい！」

「〈華《フラワーズ》〉、おまえとの付き合いは長すぎた。おまえと同じような装置がもう一台あったが、彼女はおれそっくりな考えかたをするようになったから、置き去りにせざるを得なくなった」

「その話は覚えておいて、今度はわたしがあんたを置き去りにするようにしないとね。それまでは……」

「実を言うと、彼女が異状を来したと思ったんだ。だが今は、そうでなくてより鋭敏な知覚を得たんじゃなかったかと――」

「わたしの記憶容量をなめちゃいけないよ。何か隠しているのは、もうわかってるんだから」

「本当に、何も隠しちゃいないさ。記憶の中の存在がようやくはっきりしはじめたから、そこに戻る道を探しているんだ。おまえもわかっているだろう。おれは探し続けていたんだ。その道が見つかるのは――おまえが求めている答えとは違うかもしれないが――もうすぐだと感じている」

「そういうことね。やっと言ってくれた。わかった。思ったとおりだわ。じゃあ、残りを聞かせて。帰ったらどうなるの？」

「もう一つの存在として再生させるために、その存在を終わらせなくてはならないと、おれは思っている」

「あんたが思っていることくらい、とうに気づいていた。死への願望を正当化する言葉としては、わたしが知るかぎり、飛び抜けて風変わりね——この頽廃派《デカダン》プログラムは完全なんだから。言っておきたいことは、まだある？　方法は決めた？」

「ちがうって。おまえの想像してるようなことは考えちゃいないんだ。自殺したいとか、事故を起こしたいとか思ったことはない。これは予感みたいなものなんだ——他に言いかたを思いつかない。これからはこうなるにちがいない、と感じているだけさ。それは、おなじみの場所や時代で、わかりきったやりかたでできるものじゃない、とも。変化が起きるには、ふさわしい順序と場所があるはずだってね」

「その時代や場所ややりかたは、わかってるの？」

「いや」

「ああ、結局はそういうことね。そのうち予感の改訂版が来るかもよ」

「それはないだろうな」

「ともあれ、話してくれてありがとう。で、わたしからの答えだけど——あんたからは離れない」

「でも、変化のときが来たら、おまえは傷つくどころか、壊れてしまうかもしれない」

「人生、先がどうなるかはわからない。わたしはわたしのチャンスを得る。わたしがあんたと別れたら、マンダメイは許してはくれないだろうし」

「マンダメイとは取り決めでもしたのか？」

「そうよ」

「それは興味深いな……」

「今、興味の対象になっているのは、あんたのほうよ。わたしは事実と論理に則《のっと》って判断しているだけなんだから」

「言われるまでもないさ。だが――」

「『だが』はもういい。順序だてて話してあげるから、そのあいだは黙ってて。これまでの話に事実は何一つないじゃない。あんたの話は主観ばかりだし、正気とは思えない。周辺状況によっては、正気でないことでも認められるけれど。でも、確かめようがない。わたしが頼りにできるものといったら、普段は運び屋、ときどき時間干渉者としての仕事を一緒にしてきたあいだ、おかしな相棒として見てきた、あんたについての知識だけ。あんたが自分のしていることを理解していると信じていたいけれど、それが間違いじゃないかと心配もしている」

「それで？」

「わたしはこう結論する。あんたを束縛したが、わたしのほうが間違っていて、あんたにとって重要なことをさせなかったと知ったら、わたしは後悔するどころじゃなくなる。助手としての義務を果たせなかったことになるから。だから、仮にしか受け入れられなくても、あんたがすることは何であれ、一緒にいて補助する義務を感じる」

「そこまですることはない」

「わかってる。わたし、真面目すぎるの。追加しておくと、あんたがしんそこ馬鹿なまねをしていると判断したら、それを止める義務もね」

「それは公正なことだ」

「そういうものでしょう」

レッドは煙を吐いた。

「そういうものだな」

レッドは走行距離を年月の経過のように感じた。

2

サド侯爵はいきなりペンを投げ捨て、目を妙に輝かせながら、机から立ち上がった。創作ワークショップの原稿をまとめて一つの大きな束にすると、抱えてバルコニーに出た。いくつもの公園や、日差しを受けて輝く町並を見下ろす三階で、彼は原稿を一冊ずつ、綴じ具を外しては外に放り投げた。原稿は黒い汚れの混じった大きな雪片のように、午後の斜光の中を舞った。

最後の一冊を投げ捨てた彼はダンスのステップを踏み、五、六世紀にわたる時代の小説家志望者から送られてきた、くだらない夢の堆積が落ちていくのを見送ると、指先に接吻して下界に手を振った。「ごきげんよう《ボンジュール》、またいつか《オルヴォワール》、さようなら《アデュー》」と言うと、彼は室内に戻り、笑みを浮かべた。

机に戻った彼は、ペンを手に取り、「後進の者たちのために、諸君のくだらぬ原稿はすべて廃棄した。わずかでも才能の見受けられた者は皆無であった」と書くと、署名した。出がけに会議室のドアに止めておくため、折りたたんで手元に置いた。

彼は二枚目の紙を取った。

「貴公の歓待と厚遇に、吾輩の報《むく》いは」と彼は書いた。「貴公を弑《しい》し仇敵を尌《たす》く、厭《いと》わしいものになろう――それにあたり最も怖ろしい手段を用いると書き加えておく。吾輩が理不尽な正義感に駆られたと思う者も、高邁な目的を持って弑したと解する者もいるやも知れぬ。もちろんそれは誤りである」

署名をすると、彼は書き加えた。「これを読むときには、すでに貴公は死んでいることであろう」

侯爵は笑いを噛み殺しながら、その手紙の上に髑髏《どくろ》の文鎮を載せると、立ち上がって部屋を出たが、ドアは少し開けておいた。

昇降チューブで一階に下りると、辞表を投函し、通用口に向かう短い廊下を渡ったが、誰にも会うことはなかった。外に出ると、薫るそよ風に身震いし、日差しに目を細め、近くの公園から聞こえる鳥の声に眉をひそめた――本当に鳴いているのか、録音なのかわからなかったのだ。忍び笑いをしながら自動歩道に乗り、転移ポイントのある北へと向かう。何はともあれ、今日という日は輝かしいものになることだろう。

西行きの自動歩道に乗り換える頃には、侯爵は小声で鼻歌をうたっていた。自動歩道に乗っている者は他にも何人かいたが、彼のそばには誰もいなかった。目的地はもう見えていたが、彼は速い歩道に移って何分か歩いたあと、もとの歩道に戻り、目指す建物に続く地下道に下りた。距離と方角をはっきり覚えていたら、自動歩道を乗り継いで簡単に来られたはずだが、と彼は思った。だが、この目的地を見ていることが必要だったのだ。

巨大な建物に踏みこむと、記憶を頼りに目指すほうに歩いた。白衣を着た技師二人を追い越すとき、侯爵は軽く一礼した。技師たちも黙礼を返した。

あの広い研究室に着いた。中央にある作業台で、サンドクは一台の装置に向かい身を屈めていた。彼一人しかいない。

サンドクが顔を上げたとき、侯爵はすぐそばまで来ていた。

「おや。ようこそ侯爵」彼は白衣で手を拭うと、背を伸ばした。

「アルフォンスと呼んでくれたまえ」

「承知しました。また御覧になりに？」

「いかにも。チャドウィックめが無情にも組んだあのひどい日程を抜けだし、わずかな時間を作ったのだ。おや、あれは？」

「何か？」

「後ろの機器から磁性流体が漏れてはいまいか」

「まさか。別に何も――」

サンドクは振り返り、侯爵が言う機器を調べようと屈みこんだ。そして、そのまま倒れた。

侯爵は靴下に包んだ棒石鹸を右手に持っていた。それを上着のポケットに押しこむと、床に崩れおちたサンドクを仰向けにした。そして、壁際の機械を保護していた防水シートを外し、彼の上に掛けた。

口笛をかすかに鳴らしながら、中央の穴に設置した昇降機を操作する小さな制御盤に向かった。間をおかず、機械が溜息のような低い音を立てた。ヘッドギアを抱えた彼は、穴の縁《ふち》に立ち、見下ろした。

「黙示録の獣とは、まさにこやつのことだ」驚いた怪物が唸り、齧りかけの牝牛の死骸を口から落とし、足音を轟《とどろ》かせて囲いの中を跳ねるのを見て、彼はつぶやいた。「愛《う》いやつよ、おまえと一体になりたいものだ。もう少し時間があれば――」

「おい、何があったんだ?」

通路で追い越した二人の技師が、研究室に踏みこんできた。

「戻せ!　戻すんだ!」技師の一人が叫び、作業台のそばの装置に駆け寄ろうとした。

侯爵は手にしたヘッドギアを装着した。ほんの一瞬、意識が心地よく途切れた。彼は目を閉じた。

……周囲の壁が下がっていく。ヘッドギアを着けた自分の小さな姿が見える。白衣の一人が操作盤にたどり着き、もう一人があとに続いていた。

「やめろ！」侯爵は言いかけた。

だが、ボタンは押された。壁の動きが止まった。彼は跳躍した。嗚呼《ああ》！　かくも強靭な！　手すりが折れ曲がった。穴の縁で身を揺すると、彼は踏みだした。操作盤と二人の技師が後足の下に消えた。

彼は吼えた……

頭《かしら》を下げよ、と侯爵／獣は望んだ。**吾輩を乗せるのだ。**

侯爵はおそるおそる、巨獣の首にまたがった。

さあ、散歩と洒落《しゃれ》こもう。今日の主役はおまえだ。

出口は狭すぎたが、それもほんの一時のことだった。

自動歩道と平行している歩道を歩きだすと、あちこちから悲鳴があがった。ゆっくり走行していた車が止まると、色鮮やかな装いの乗客たちが降りては、われもわれもと逃げていった。そよ風も日差しも、鳥の声ももう気にはならない。それどころか、ほとんど感じなくなっていた。彼は空になった車をひっくり返し、歌うかのように吼えた。チャドウィックが拠点としている建物は目の前だ。いつもこの時分には、あの男は裏手の部屋にいることだろう……

身を揺らしながら一歩進むたびに、彼は高揚していった。恐怖を振りまきながら、歩道から公園に踏みこむ。風が篩《ふるい》の目を抜けるように、木立や生け垣や花壇に飾られた、優雅な風景を駆け抜けた。それらは三次元映像で、彼が通るとともに消え、あとを人工の風が追った。映像のチューリップ畑に隠れていた恋人たちは、歓喜のさなかに彼に踏み潰された。通り過ぎたあとには、現実のベンチが砕け、ごみ入れがひしゃげていた。彼の咆哮はあらゆる音を打ち消した。

公園の端の、目的地に近づいたあたりで、彼は青いピックアップ・トラックに気づき、その脇に停まりかけた黒い小型車を蹴飛ばそうとした。黒い車はからくもその足をかわすと、速度を上げて走り去っていった。

彼はそのまま建物に向かい、正面から右にまわったが、トラックにかかっていたのとそっくりな影が、自分の背後からついてきているのには気づかなかった。

吼えるのをやめた彼は窓を数え、狙う部屋を外から探した。息を切らし、笑いを堪えながら歩み寄る彼の耳には、建物の正面に近づいてくる車の音は届かなかった。聞こえたとしても、まったく気には留めなかったことだろう。

高まる新たな歓喜の中、彼は建物を一撃した。第一打で外壁は砕け、三度目にはモロッコ革張りの壁に穴を開けた。チャドウィックはもう一人の男と、暖炉の前でスフィンクスが吐いたテープを見ているところだった。彼が壁の穴から首を突っこみ、中に入りこむと、天井が崩れ落ちた。彼は前肢で宙を掻いた。牙のあいだから舌を突き出した。

「チャドウィックに死を宣告する！」彼は吼えた。「サド侯爵の名のもとに、ティラノサウルス・レックスによって！」

「本気かよ」チャドウィックが言った。「辞めるなら、もっと簡単に言えばいいのに」

巨獣は動きを止め、その場に放尿した。ついてきた影は尾の下から飛び離れた。巨獣は前肢を震わせた。

「侯爵の自己紹介は済んだな」とチャドウィックは言うと、男の肩に腕をまわし、彼を押し出すようにして自分は一歩下がった。「侯爵、私の元相棒、レッド・ドラキーンを御紹介しよう」

侯爵の顔から笑いが消えた。巨獣は落ち着かなげに身じろぎした。

「帽子を取るがよい」侯爵が言った。

レッドはベースボール・キャップを取り、葉巻をくわえたまま笑みを浮かべた。

「標的ファイルに載っていた写真のとおりだな」侯爵がそう言うあいだに、チャドウィックはスフィンクスに近づき、その歯のあいだからテープをちぎり取った。「その標的がここで何をしている？　自分を殺そうという男と一緒に」

「まあ、そういうことなんだが――」

さっきまで影が逃げていたあたりの壁際で、爆発音とともに穴が開いた。机や椅子が、東洋趣味の絨毯が、酒を注ぐ回転テーブルが、旋風とともに闇へと呑みこまれていく。壁や天井の破片も、豪勢な昼食の残りも、豹や梟《ふくろう》の剝製も、カーテンを掛けた壁龕《へきがん》の中で死んでいた猫も、巻きこまれていった。部屋じゅうのカーテンがみな、渦を巻いてはためきながら吸いこまれた。三人の男が驚きに目を見はり、ティラノサウルスが表情のない目を見開いている前で、目立たないように設置されていた冷蔵庫のドアがちぎれ、中身もろとも渦の中に消えた。

黒い渦巻は柱となり、部屋にある固定されていないものはことごとく吸収し、成長していった。そのあいだに、唸るような音をあげはじめた。渦巻が大きくなるとともに、音は高くなっていった。

「このあたり特有の気象現象じゃなさそうだな」レッドが言った。

「まさかね」チャドウィックが言った。

渦巻の中に何かの形が浮かびあがった。唸りが静まった。巨大なものの姿が現れ、翼を大きく広げた。はっきりと見えるようになるまで、それは動かなかった。

大きさはティラノサウルスとほぼ同じで、その姿は一見したところ爬虫類に似ているが、一種の様式を具えているかのように見えた。鱗はコインのような形で、胸のあたりは金色、背は黒、尾や翼の付け根は赤銅色で、それぞれの先端に向けて赤が鮮やかになっている。巨大な目は金色で、見るうちに不安に駆られるほどに美しい。両の鼻孔からは、煙が細く渦を巻き、たなびいていた。蛇のように首をもたげながら、それはひと跳びで二メートル前進した。耳に心地よい、どこか鼻にかかった声が、灰色の煙とともに発せられたが、話しかけられたのはレッドでも、チャドウィックでもなかった。

「かわいそうに、この獣にいったい何をしたのですか」それは尋ねた。

侯爵は落ち着きなく身じろぎした。

「サー、それともマダムでしょうか」彼は言った。「小生は神経系を同調しているだけでありまして、この獣にいかほどの不快感を与えてはいないことを明言いたします。実際、こやつの快楽中枢にも電極は埋めこまれておりますので、お望みとあれば小生が刺激して、この獣を大いに喜ばせることも

「もう結構！」

「こんなことをするのはフレイザーか、ドッドか？」レッドが言った。

「今話している相手は」それは答えた。「あなたではありません。わたくしはチャドウィックを捜し、あなたが彼のもとへと導きました。が、その前に――」口のまわりに炎が揺らめき、消えた。「この美しい生きものに電極を埋めこむとは、なんたる非道！」

「いかにも、仰せのとおりで」侯爵が言った。「その非道をなしたのが小生でないことに安堵しております」

「このすばらしい存在になした罪をごまかす気ですか？　操り弄んだのはあなただというのに」

「小生は借りただけなのです。心づもりとしましては――」

チャドウィックがレッドの腕を摑み、そっとドアに向かって引いた。

「心づもりなどどうでもよい！　このものを自由にし、謝罪しなさい！」

「かしこまりました。この命に代えても！」

「あなたの命など、すでにないも同然です！　このものを解放しなさい！」

チャドウィックがつま先でそっとドアを開けると同時に、ティラノサウルスは咆哮をあげてドラゴンに突進したが、ドラゴンはしなやかに身をかわした。チャドウィックは外にすり抜けるとレッドを引き出し、ドアに錠をかけた。

「車はあっちに停めてあるんだよな」チャドウィックは身振りをまじえて尋ねた。

「そうだ」

「行こう。あいつらがいつ外に飛び出すかわからん」

急ぎ足で廊下を渡ると、重い衝突音とともに床が揺らいだ。

「今すぐ出発しよう」チャドウィックが言った。「雇った者がこんなときに――それも、こんな規模で不満を言いだすとは思わなかった。必要なものは立ち寄った時代のどこかで調達しよう」

爆発が起きたような音が背後から響き、いったん静まったかと思うと、またも轟音と震動がはじまった。振り向くと、さっきまでいた部屋のあたりで壁が崩れ落ちていた。立ちのぼる煙を空気清浄機が吸収している。

チャドウィックが玄関のドアを押し開けて外に飛び出すと、レッドも彼に続いた。が、そのとき、派手なシャツと軽い生地のキルトを身につけ、青いサングラスをかけた小柄な男が中に入ろうとし、レッドにぶつかった。男は倒れかけたが、驚くほどの敏捷さで姿勢を立て直すと、左肩にかけたカメラケースを押さえた。

「頼む！　止すんだ！」チャドウィックが叫んだ。

カメラが向けられた。レッドは小男の脇にいた。彼は左手でストラップを引き、男の姿勢を崩した。

「殺すな！」チャドウィックがまた叫んだ。「〈黒の十殺〉は終わりだ！　終了の指示を出したところだ！」

「この人を、ですか」カメラをレッドの手から取り戻そうともせず、小男は言った。「違います。私はこの人には手をかけません。絶対に！　私としても、ゲームは終わっています。ここに来たのは、あなたを殺してゲームから降りるためです。ですが――」

彼はレッドに目を向けた。

「あなたは、ここで何を？」

「ものごとを整理しにきた。ずいぶん片がついたよ。あんたとは会ったことがないと思うが……」

「会ってはいますが、覚えてはおられないでしょう。私の名は田《ティエン・》天《ティエン》寅《イン》、龍《ドラゴン》に縁《ゆかり》ある者です。これは信仰上の――」

建物の中から、ものの壊れる音と共に、重い足音がはっきりと近づいてきた。

「ならば、ここで待っているといい」チャドウィックが言った。「すぐに深遠な宗教体験が得られるだろう」そして、レッドの腕を取った。「さあ、逃げるぞ！」

玄関の前で呆然としている小柄な男を残し、彼は階段を駆け下りた。のめるような足取りでレッドも続くと、アイドリングしている田天寅の黒い小型車の隣の、青いピックアップ・トラックに向かった。二人が近づくとドアが勢いよく開き、レッドは運転席に飛びこんだ。チャドウィックが助手席に座ると同時にエンジンが始動した。ドアが音をたてて閉まり、車はバックで進みだした。

「〈道《ロード》〉に出してくれ」レッドが言った。

「労働問題は初めてだな」チャドウィックが言った。

「で、誰を拉致してきたの？」〈華《フラワーズ》〉が尋ねた。

建物の、ドアのまわりの壁が崩れはじめていた。田天寅は階段を降りきっていた。トラックは方向転換し、速度を上げて通りを走り抜けた。

「不思議だ。が、不思議ではない」チャドウィックが言った。「それに、タイミングがよかった」

1

空にかかる巨大な金色のアーチの下、〈道《ロード》〉を高速で飛ばしながら、レッドは葉巻に火をつけ、帽子のひさし越しに助手席を見やった。色とりどりの服をまとい、太い指をいくつもの厳《いか》つい指輪で飾ったチャドウィックは、車まで走ったのでまだ汗をかいていた。姿勢を変えるたびに、プログラム制御されたシートが合わせて形を頻繁に変えた。彼はシートが追いつかないほど落ち着きなく身じろぎしていた。指先でドアを叩く。ウィンドウから外を見る。レッドを盗み見る。

レッドは彼に笑いかけた。

「太ったな、チャド」彼は言った。

「言うな」チャドウィックは目を伏せた。「みっともないよな。昔に比べると……」彼は笑った。「だが、あれから今日までしてきたことが、楽しくなかったとは言えない」

「一服するか?」レッドが言った。

「そんなに気を遣うなよ」

チャドウィックは葉巻を受け取ると、火をつけてから、レッドに顔を向けてまじまじと見つめた。

「そう言うおまえは」手にした葉巻を振りながら彼は言った。「前に会ったときに比べて、さほど歳をとったように見えない。おれがおまえをなぜ憎むか、わからないだろうな」

「まあな」レッドが言った。「肥満したうえに着飾っていることを別にすれば、おまえも昔と変わっちゃいないさ。お互い似たようなものだ。見えようが違うだけでね」

チャドウィックはかぶりを振った。

「おいレッド、よせよ。そんなことはない。おれが若返って健康になり、体力も強くなっていたら、自分なり、主治医なりが気づきそうなものじゃないか」

「そうは思わないね。過程はどうあれ、おまえの場合は悪いほうにはたらいているんだと思う。その場に留まるためには走り続けていなければならなかったんだ。これまでの人生からすると、今は驚くほど良い状態にあるんじゃないか。最高の医療を受けたとしても、とうに死んでいたはずだからな」

「おまえの言うことを信じてみたくもあるが、言えるのはおれの体が丈夫なことだけだな」

「……おまえは火に親和性があり、財をなす才覚がある——」

「馬鹿を言え。金が嫌いなやつなどいるものか。何の裏付けにもならん。火のほうは……」彼は深々と葉巻を吸い、盛大に煙を吐いた。「誰にでも、そんなちょっとした相性はあるものだろう。おれの記憶も抜けが多いが……」

「おまえ、父親は？」

チャドウィックは肩をすくめた。

「知るもんか。思い出せるのは、宿屋で暮らしてたことくらいだ」

「〈道《ロード》〉の入口の近くだろう」

「だから何だ。おやじもたぶん〈道《ロード》〉の男だったのだろう。おれもそれを受け継いでいるんだろうな。だからって、おれのおやじがおまえみたいな――」言いかけて、言葉を呑んだ。「馬鹿な」彼は言った。

「おまえがおれのおやじだなんて、言わないでくれよ」

「考えてもいなかったから、言えるわけもない。だが――」

「すべてはおまえの空想だ。状況証拠しかない。推測ばかりで、前提は飛躍しすぎて――」

「わたしもそう言ってる」〈華《フラワーズ》〉が割って入った。「彼をつかまえて、治療を受けさせればよかったのに」

「まったく、そのとおりだ」チャドウィックが言った。「おまえが今考えていることは、不確かな記憶と根拠のない推測に依るばかりだ」

レッドは葉巻を噛み、目をそらした。

「わかった」しばしののち、彼は言った。「そうかもしれない。じゃあ、教えてくれ――〈黒の十殺〉を打ち切って、おれと一緒に来ることにしたのはなぜだ」

チャドウィックは指先でダッシュボードを叩いた。

「間もなく妙な死にかたをする、とおまえが言ったから、興味をもったのさ」彼は言った。「それに、わがコンピュータ〈SPHINX《スフィンクス》〉に入力するのを許した、おまえの馬鹿話と妄想よろしき推測を聞いて——入力の手伝いまでしたからな——その話の先が気になったのもある。おまけに、あの部屋からすぐに逃げたかったしな」

「どこからともしれず、あの怪物が現れるのは、見ていたよな」

「……長い人生、いろいろあったし、もっと不思議なものも見てきたさ」

「それもそうだ。だったら、おれの話を信じて何の不都合があるんだ？」

「裏付けがない。たとえ、おまえの話が真実であっても、裏付けがないものは信じられないというおれの考えは正しい。なあレッド、おまえがどんな様子か知っていたら、おれはあんなゲームを仕掛けはしなかったさ。するだけの価値がないからな」

「もういい！」

レッドは顔を背けた。

「つまり、おまえも少しは疑っているってことだな。健全な考えかただ」

「おれの言うことが信じられないのか？」

「信じられるのは、おまえが馬鹿で、生まれの素性がわからなくて、悪いほうに向かっていることくらいだ」

「そのテープを、わたしのスキャナーに通してくれない？」〈華《フラワーズ》〉が言った。「ボヘミアで海岸を探すよりは、時間がかからないと思うけれど」

「これか」チャドウィックがテープを差し出した。

レッドはそれを〈華《フラワーズ》〉の挿入口に差しこんだ。読み取りが始まった。

「今の時点で言えるのは」〈華《フラワーズ》〉が言った。「かなりの長旅になるってことね」

「そんな馬鹿な」チャドウィックは葉巻を灰皿に置き、腕組みをした。

「おまえがどう思おうが、付き合ってもらうぜ」レッドもその脇に自分の葉巻を置いた。「長旅になるんだな」

「まちがいなくね」

「じゃあ、眠らせてくれ。こいつとずっと話していたくはないからな」

「それはこっちの言うことだ」チャドウィックが言った。

気体の流れるかすかな音がしはじめた。

「あんたたち二人に睡眠ガスをかけて、この車を『さまよえるオランダ人』にしてみたい。昔、話してくれたわね。二人分の骸骨を乗せて、何世紀も旅している車のことを」

「ああ。おかしな話だ」そう言うと、レッドは深く息をついた。

チャドウィックはあくびをした。

「まったくもって……」と、彼は言いかけた。

2

ランディは六度、パンクしたタイヤを交換した。ラジエータ、ジェネレータ、ファンベルトも交換してもらった。エンジンの調整をしてもらい、ついでにすり減ったブレーキシューの交換も頼んだ。〈葉《リーヴズ》〉はそのたび、さも当然と言わんばかりにレッドの口座を使った。いずれレッドに請求書が届くことになる。それに、これまでに使ったガソリン代は、どのくらいになるのだろう。ランディにはもうわからなくなっていた。

そして、かれらは旅を続けた……

「どこに向かっているんだい？」ランディは何度目かの同じことを言った。「あるいは、いつに？」

「任せておいて」レイラが答えた。

「このままだと、氷河期まで行ったりはしないかい？」

「たぶん、そんな遠くまでは行かない」

「彼はそこに来るかな。信じていていいのかい？」

「良くも悪くも、そうね。急いで」

「で、彼は死を望んでいて、あなたはそれを止めたいってわけだね」

「もう話したことよ」

「……彼は死による変化を望んでいるってことか」

「だからわたしを置き去りにしたのよ」〈葉《リーヴズ》〉が言った。「自分の死への願望に彼が気づくまえに、知っていたから」

「というと、二人とも彼を信じてはいないわけだね」

「わたしは自分が見たものを信じる。彼が死ぬのが見えたら、彼は死ぬ。それでおしまい」

ランディは無精髭の伸びた顎を撫で、かぶりを振った。

「傍目には馬鹿馬鹿しくても、そうでなくても、彼がいちばんやりたいことを止めようとは思わない。ぼくは、彼に会いたいだけなんだ。どう言えばいいのかわからないけれど……」

「もう会っているのよ」

「それはどういうことかい？」

「車が故障した、あの老人の二人連れよ。あれはずっと過去の、若くなる前のレイドとわたし。そのとき、あなたに会っている。思い出せずにいたから――」

「あれは何だ？」

「どうしたの？」

「大きなものが、飛行機みたいに飛んでいった」

「見えなかったけど」

「後ろのほうだよ。バックミラーに映ったんだ」

レイラはかぶりを振った。

「わたしには見えるはずもない。時間を旅する者には、そういうものは見えたとしてもほんの一瞬、無意識にも気づくことはない。ねえ〈葉《リーヴズ》〉、何か感知した？」

「何も」

「だから――」

ランディが上を指さした。

「あそこに！　戻ってきた！」

レイラは前に身を乗り出し、その勢いで葉巻をフロントガラスで折った。

「ちくしょう！」彼女は言った。「あれはまるで――もう行っちゃった」

「まるでドラゴンだ」ランディが言った。「子供の頃に童話の本で見たとおりだ」

レイラはシートに身を沈めた。

「急いで」

「これが精一杯だよ」

そのあと、奇妙な影が現れることはなかった。十五分ほどたって、車が分岐点の一つを通過するとき、レイラが手を上げた。

「どうしたの？」ランディはブレーキに手をかけた。「そこで降りるのかい？」

「違った。あそこかと思ったけれど、そうじゃなかった。このまま行って。でも、近づいているのを感じる」

それから一時間のあいだ、かれらは標識に絵のついた出口をいくつも通過した。そのあと、出口のない道が長く続いた。ようやく、遠くに出口が一つ見えてきた。レイラは身を乗り出し、じっと見つめていた。

「そこよ」彼女は言った。「止まって、路肩に寄せて。青い聖塔《ジッグラト》――バビロンの最終出口。ここで間違いない」

ランディは車を〈道《ロード》〉の路肩に寄せた。急に朝になり、夏のように強い日差しが照りつけた。ランディはウィンドウを下ろした。後ろを見た。あたりを見まわした。影が行き過ぎたような気がしたが、確かめる前に見失ってしまった。

「特に目につくものもないし」彼は言った。「ぼくたちしかいない。これからどうする？」

「大成功よ」レイラが答えた。「〈道《ロード》〉の時間で、彼の先回りができた。このまま路肩を百メートルほど行って、出口をふさぐように車を斜めに止めて。彼がブレーキをかけるように。車を降りて、手を振って彼を止めるの。ここから出ていかないように」

「ちょっと待って」ランディがギアを入れかけると、〈葉《リーヴズ》〉が言った。「そうすることで、避けようとしている事態を引き起こす危険を冒しはしないの？」

「いいところに気づいたね」レイラが言った。「ランディ、発炎筒はある？」

「もちろん、あるよ」

「車を止めたらいくつかセットしよう。車のライトは点けたままにして、あなたのアンダーシャツでもなんでもいいから、ウィンドウにひっかけておいて」

「わかった」

彼は車を前に進め、ハンドルを切った。

1

レッドは目をこすり、右に目をやった。チャドウィックも体を動かしていた。

「小声で頼む」レッドは声を抑えた。「近いのか？」

「とても近い。だからあんたを起こした。魔法の場所に着いたら、何をどうするかは決めてあるの？」

レッドはまたチャドウィックに目を向けた。

「着く前にこいつを車から放り出したい。こいつのために――」

「そうはいかん」チャドウィックが身を起こし、声をあげた。「今さら外されてたまるか。この狂気の沙汰を最後まで見届けさせてもらうぞ」

「おまえの身の安全のために、って言おうとしたところだ。何が起きるにせよ、もう関わりたくはないだろう。な？」

「自分が何をしようとしているかくらい、わかっている。おまえほど馬鹿じゃないからな。おまえの時はまだ至っていない」

「何が言いたいんだ？　おまえを助けようとしているのに、文句をつけるだけか？　〈華《フラワーズ》〉、路肩に寄せろ！」

チャドウィックが手を伸ばし、ドライヴスイッチを自動《オートマティック》から手動《マニュアル》に切り替えた。車は左に滑った。レッドはハンドルを切って元に戻した。

「頭、大丈夫か？　死ぬぞ！」

チャドウィックは哄笑で応えると、ドライヴスイッチを戻そうと伸ばしたレッドの腕を強打した。

レッドはブレーキをかけ、チャドウィックを見据えた。

「聞け！　もしおれが間違っていたら、あとでおまえを拾う。おれが正しかったら、おまえはこの車に乗りたくはなくなるだろう。おれは自分の運命に直面しにいくんだ。だから――」

彼はハンドルを右に切りかけた。チャドウィックは身を乗り出し、ハンドルを摑んで左に回した。

「前を見て！　人がいる！」

レッドが目を上げると、レイラが両手を高く掲げ、振っていた。片手にはハンカチーフがはためいていた。さらに先には、若い男が同じように手を振っていた。

車は二人の脇をすり抜け、チャドウィックはレッドの顎を一撃した。レッドは頭をウィンドウの枠にぶつけた。チャドウィックがハンドルを握った。

「やめて！　二人とも！」〈華《フラワーズ》〉が叫んだ。「スイッチを戻せ！」

車は音をたてて花火を散らす発炎筒を通り過ぎた。青い聖塔《ジッグラト》の看板に気づいたレッドはチャドウィックの頭に肘打ちをくらわせ、助手席に沈めた。ドライヴスイッチをオートマチックに戻し、出口に向かってハンドルを切る。

〈華《フラワーズ》〉が告げるや、ブレーキがかかった。

「道路封鎖！」

タイヤが叫んだ。道の左側は急斜面が下っている。右側の傾斜はゆるやかだが、黄色い地面は岩だらけだ。

レッドは左にハンドルを切った。車は右に向かった。

「ごめんね、ボス」〈華《フラワーズ》〉が言った。「どちらかが間違ってる。あんたのほうだといいんだけど」

車が道を外れて斜面に入ると、柔らかく重いものが彼を包んだ。ドアが開く音がした。彼は投げ出された。

車から地面に落ち、そのまま転がって……意識を失った。どのくらいかはわからないが、さほど長いあいだではなかったようだ。

炎が燃える音がした。遠くで誰かが叫んでいた。彼は何度か深呼吸をした。体を伸ばし、力を抜いた。怪我はしていないようだ……

彼は自分を包んでいる繭《まゆ》と闘いはじめた。繭は白い発泡素材のようで、頑丈だった。

声が近づいてきた。声の主が一人だけではないとわかったが、何を言っているのかまではわからない。

腹に当てた両手を胸に引き上げた。左の胸郭に痛みが走った。

目の前の繊維構造物を摑み、掻きむしり、指をこじ入れ、引き開けた。それはじわじわと破れだした。裂け目を摑み、力をこめて左右に開いた。

破れた。腕を広げ、下に向けて引いた。肩が自由になった。外に這い出しはじめる。レイラが彼を呼ぶ声がした。彼女が駆け寄ってくるのが見えた。

斜面の下に転がって炎を上げているトラックに、彼は目を向けた。立ち上がりかけたが、ふかふかしたものに足をとられ、手をついて座る姿勢に戻った。左胸はまだ痛んだ。

「まさか」燃えあがるトラックを見て、彼は言った。「そんな馬鹿な」

誰かが肩に手を置いた。レッドは顔を上げようとしなかった。

「レイド？……」

「そんな馬鹿な」レッドは繰り返した。

斜面の下で突然、炎の花が咲くようにトラックが爆発した。すぐに熱風が二人に吹きつけた。レッドが左手を上げるのと、歩み寄ってきたランディがそばで足を止めるのが、ほぼ同時だった。

「あなたがあの中にいたのかもしれない……」レイラが言いかけた。

レッドは上げた手を伸ばし、指を立てた。

火が鎮まりはじめた。煙が塔のように立ちのぼっていた。その動きは、中で何かが蠢《うごめ》きながら、螺旋を描いて空に昇っていくかのようだった。

「あれか」レッドが言った。「やっとわかった」

ドラゴンの形をした、巨大な灰緑色の影が、燃える車の上空に浮かんでいた。

「時が至ったのはチャドウィックのほうだった」レイラが言った。「あなたがしてきたことは、すべて彼のためだった」

空で身をくねらせているドラゴンの姿から目を離さないまま、レッドはうなずいた。その動きは優雅で、ときにエロティックでさえあった。自由や解放や奔放という言葉を、動きで現しているかのような、空の踊りだった。

突然、ドラゴンは動きを止め、かれらを見下ろした。翼を広げ、漂うように近づいてきた。間近に来ると、宙に静止した。

「子供たちよ、感謝する」その声は音楽のように響いた。「どうすれば自分でできるのか、わからなかったことを、おまえたちはしてくれた」

ドラゴンは頭上をゆっくりと旋回した。

「どうしてできたんだ？」レッドが尋ねた。「おれはあんたらよりもよく覚えていたんだ。だから、自分のためにしているつもりでいた」

ドラゴンが見上げると、さらにその上に、もう一つの影が浮揚していた。

「なすがままにしたからだ、わが子よ。意思だけで動かせるものはない」ドラゴンは答えた。「助言はできない。誰もみな、違う存在であるがゆえに。探し続ける意思があるならば、探すがよい。それがそなたの道となろう。だが、その時はまだ至ってはいない。時が至れば、いずこなりとも助ける者が現れる――それは友かも、敵かも知れず、縁の深い者でも、ゆきずりの者でもあろう。……では、もう帰るとしよう。また会う日が来ることを願う」

ドラゴンは素早く身をひねると、朝日の中を上昇しはじめた。鱗は金色の鏡のような光を放っていた。翼をはためかせ、始めはゆっくりと、やがて速度を増して舞い上がり、見る間に小さくなっていった。もう一つの翼ある影が続いた。かれらはすぐに見えなくなった。

レッドはうつむき、両手で顔を覆った。風向きが変わり、燃える車の臭いが鼻を突いた。

「誰か拾ってくれない？」斜面の下から小さな声がした。「外側に火がつかないうちに」

「〈華《フラワーズ》〉か？」レッドはそう言うと、両手を地面について立ち上がりかけた。

だが、彼より早く、若者が下りていった。彼は射出ポッドに入ったままの〈華《フラワーズ》〉を抱え、斜面を登ってきた。レッドは彼をまじまじと見た。

「レイド、あなたの息子、ランディよ」レイラが言った。

レッドは眉をひそめた。

「どこから来た？」

「クリーヴランド、C20」

「ってことは、まさか……名はブレイク？　それともカーテッジ？」

「そう、カーテッジ。でも今はドラキーンです」

レッドは前に踏みだすと、ランディの両肩に手を置き、彼の目をまっすぐ見つめた。

「そうだよな、他にないよな。名乗ってくれ。どうしてこんなところに？」

「あなたを捜していました。〈葉《リーヴズ》〉が案内してくれました。それからレイラに会って――」

「邪魔したくないところだけど」レイラが言った。「誰か来る前に、あの車を動かしたほうがいいんじゃない？」

「そうだね」

かれらは道に戻った。

「ところで、どう呼べばいいのかな。父さん？」

「レッドでいい」彼はそう言うと、レイラに目を向けた。「頭が急にはっきりしたよ。霧みたいなものがすっかり晴れたんだ」

「最後の黒い鳥が飛び去ったのね」彼女は答えた。

「時が至っていたのがおれのほうだったら、ランディには会えなかったんだな」

「そうよ」

「ウルに行ってビールを一杯やろう。あそこのビールは旨いぞ」

「いいね」ランディが言った。「レッドには聞きたいことがたくさんあるし」

「まったくだ。おれもおまえに聞きたいことがたくさんある――それに、計画も立てたいしな」

「計画って？」

「そうとも。おれの読みでは、マラトンの戦いではギリシア軍が勝たなくてはならない」

「勝ったよ」

「本当か？」

「ぼくの時代の歴史の本にはそう書いてあったんだ」

「C20から来たんだっけな。どこから？」

「アクロンの近くから」

「来た道を戻れるか？」

「戻れると思う」

「戻ってみようじゃないか。いや、ちょっと待て。その前にマラトンに寄って、スコアボードを見てやろう。新しいことが起きて状況が変わっているかもしれないからな」

「レッド？」

「なんだい？」

「何の話なのか、よくわからないよ」

「大丈夫だ。説明してやるから――」

「マンダメイがわたしを捜すでしょう」〈華《フラワーズ》〉が割って入った。「伝言を残していかない？」

レッドは指を鳴らした。

「そうだな。車で待っていてくれ。すぐ戻る」

彼は胸を押さえながら斜面を駆け下りた。焼けてまだ熱い金属片を拾うと、まだくすぶっているピックアップ・トラックの歪《ひず》んだドアを引っ掻いて「ウルで昼食中。レッド」と書きつけた。

「あの人の周囲では、現実はちょっとずれているんだろうか」ランディがつぶやいた。

「特におかしなことはなさそうだったけど」レイラはポケットを探り、肩をすくめると、火の息をちょっと吐いて葉巻に火をつけた。「いつかの小火騒ぎの前まではね。今はもう、これまでの彼に戻ったみたい」

「〝生きてまだ見た人のないほどの、あの凄《すさま》じい風景の、薄れて遠い映像が、またしても、今朝、僕を嬉しがらせた……〟」〈華《フラワーズ》〉が語りはじめた。「わたしもドラゴンなのかもしれない――本の姿でいる夢を見ているだけで」

「あんたが言うと、それらしく聞こえるわね」車に乗りながら、レイラが言った。「〈葉《リーヴズ》〉、〈華《フラワーズ》〉を紹介するわ」

空電の音が響いた。

2

C11、アビシニアの山中で、田天寅《ティエン・ティエンイン》は恋人たちを見ていた。頭と背に包帯を巻いたティラノサウルスに寄り添い、チャントリスは黒い翼の先で、その体をそっと撫でていた。

「かわいそうに。少しは楽になったかな」

ティラノサウルスは小さく呻き、彼女に寄りかかった。

「すてきな隠れ家を使わせてもらって、ありがとう」チャントリスはマンダメイに言った。チャドウィックの住まいの瓦礫《がれき》から、このふたりを救ったのは、かれだった。「それに、小さい人、ここまで来るのを手伝ってくれて、ありがとう」

田天寅は深々と一礼した。

「ベルクウィニスのドラゴンにお仕えできるのは、身に余る光栄です」彼は答えた。「ここがお気に召したのであれば、このまま幸せにお過ごしになりますよう」

ティラノサウルスは何度かうなり声をあげた。ドラゴンは笑い、また翼で彼を撫でた。

「あまり頭はよくなさそうだけれど」彼女は言った。「でも、体力はすばらしいの！」

「喜んでいただけて、私も喜ばしいかぎりです」マンダメイが言った。「お名残惜しいのですが、私も愛しいひとを捜しに〈道《ロード》〉の旅に出なければなりません。この猛々しい人間が、協力を申し出てくれました。愛しいひとに出会えたら、私はまた壺を作り、花を育てましょう。田天寅、準備が整ったら、私の背に乗ってください」

「ならば」チャントリスは青白い煙を細く吐きながら言った。「バビロンへの最終出口のそば、青い聖塔《ジッグラト》の看板の近くを調べてみるといいでしょう。わたしたちドラゴンには、独自の情報網があるのです」

「感謝いたします」田天寅が背に乗り、肩に摑まると、マンダメイは言った。

二人が空に舞い上がると、うなり声と轟《とどろ》くような笑い声が谷に響いた。

日干し煉瓦の建物の土間で、レッドとレイラとランディは、土地の衣装に身を包み、素焼きの壺で地ビールを飲んでいた。そこに、やはり土地の出で立ちをした、恰幅のよい肌の黒い男が歩み寄ってきた。

「ランディ？」

三人は一斉に彼に目を向けた。

「トバ！」ランディが言った。「いつかのお礼で一杯おごるよ。座って。レイラを覚えているかい？

ぼくの父のレッド・ドラキーンを紹介するよ」

「まあね」と言いながら、トバはレイラと、それからレッドと握手した。「きみのお父さんか。それは驚いた！」

「ところで、ウルで何をしてるんだい？」

「私はこのあたりの生まれでね、今は端境期でちょっと暇なんだ。だから帰ってきて、地元の連中と会ったり、これからの仕事の仕込みをしているところさ」

麻袋がいくつも立てかけられた壁際に目を向けて、彼はうなずいた。

「どんな仕事だい？」ビールを一口呷《あお》って、口を拭うと、レッドが尋ねた。

「私は〈道《ロード》〉のC60あたりでは、考古学者として知られているんだ。ときどき、ここに帰ってものを埋めておいてね。で、C60に戻ったら、それを掘り出す。実際、そうして論文を何本も書いている。文化の伝播をテーマにした、なかなか興味深い論文だよ。今回はモヘンジョ・ダロの本物の遺物が、いくつか手に入ってね」

「それって、なんだか詐欺みたいじゃないかな」ランディが尋ねた。

「おや、そうかい」

「自分で埋めたものなんて——考古学そのものが駄目にならないのかい？」

「まさかね。だいいち、私はこの時代の、ここの者だ。それに、発掘するのは六千年後なんだよ」

「でも、そんなことをしたら、ウルとモヘンジョ・ダロについての知識が変わってしまうんじゃないか？」

「そうは思わないさ。ここの隅でさっきまで、モヘンジョ・ダロから来た男と飲んでいたところなんだ。一九三九年の万国博覧会で知り合ってね。それ以来、いい仕事仲間になっている」

「なんというか――ずいぶん変わった仕事だね」ランディが言った。

トバは肩をすくめた。

「生きていくのは簡単じゃないさ」彼は言った。「レッド、元気でいてよかった」

レッドは笑顔で答えた。

「こっちはこっちの仕事があってね」彼は言った。「今ちょうど、その打ち合わせをしていたんだ……」

フランスの片田舎の空では、レッド・バロンとサン・テグジュペリが空中戦を交わしていた。ジャンヌの目には、二つの十字架が空を飛び、戦っているように見えた……

黒のフォルクスワーゲンに乗った小男は、青いピックアップ・トラックが転覆して燃えあがるのを見て、ブレーキをかけた。しばらくそのさまを見てから、彼はまた車を走らせた……

あらゆるものを超越した、賢明にして偉大なドラゴンたちは、ベルクウィニス上空に浮かんだまま、道路地図《ロードマップ》の夢を見ていた。

アクロポリスの階段で、伝令は倒れた。彼はマラトンからの知らせを告げ、息をひきとった。

訳者あとがき

本書は、ロジャー・ゼラズニイの長編小説 *Roadmarks*（1979）の新訳です。翻訳にあたり、既訳（遠山峻征訳　サンリオSF文庫　一九八一）を参考にしました。記して感謝いたします。遠山訳はことに作品世界の用語が的確で、この新訳でも〈黒の十殺〉はじめ、リスペクトとしていくつかを踏襲しました。ただ、武術僧「ティーミン・ティン」（Timyin Tin）はどうも中国の人名らしくなく、また英語の小説だけに「名―姓」にしてあるようなので、小説家で中国文学の翻訳家、立原透耶氏のお知恵を借り、音が近く役柄に合った「田 天 寅《ティエン・ティエンイン》」（Tián Tiānyin）という名にしました。

舞台は、遠い過去の恐竜時代も、マンハッタンが廃墟群と化した遙かな未来も結び、時空を貫く〈道《ロード》〉。そこを行き来する運び屋レッド・ドラキーンと、彼を追う者たちの物語は、設定ゆえに一見複雑に見えます。さらに、章立てが通し番号でなく〈1〉と〈2〉だけなので、読みはじめのうち読者は少々当惑するかもしれません。ご安心を、〈1〉はレッドの章で、時系列どおりに進みます。一方、大学生ランディはじめ、他の登場人物たちの章である〈2〉は、自由に旅するレッドを追うだけに、〈1〉とは時間が前後し、ときにはずれが生じます。が、読み進むうちにほどなくして、この〈道《ロード》〉の旅に馴染んでいけることでしょう。詩集の姿をした心強い道案内〈草 の 葉《リーヴズ・オヴ・グラス》〉がついていることですし。

特異な小説構造だけでなく、過去の作品からの引用や、歴史上の人物の登場など、仕掛けや遊びがふんだんに盛りこまれた本作の翻訳は、難しくも楽しいものでした。〈道《ロード》〉の空の色がH・G・ウェルズの『タイムマシン』を踏まえていることは、サンリオ版の解説（津田文夫）でも言及されていましたが、他にもゼラズニイが忍ばせた数々の仕掛けや遊びを、訳者も力のおよぶかぎり受け止め、拾い、捉えました。お楽しみいただければ光栄です。

なお、作中で〈華《フラワーズ》〉やレッドが朗唱する詩は、以下の訳から引用しました。

ボードレール「旅」（三二一ページ）、「ある受難の女」（九六ページ）、「前生」（一八〇ページ）、「パリの夢」（二四〇ページ）、以上は『悪の華』（堀口大學訳　新潮文庫）より。

マラルメ〔魂のすべてを　要約して〕（二〇四ページ）は、『マラルメ詩集』（渡辺守章訳　岩波文庫）より。

ランディが読むホイットマンの詩（一一四ページ）は、「大道の歌」第二節からの拙訳。彼が〈葉《リーヴズ》〉を起動するキーに選んだ言葉「エイドロンズ」（Eidólons）は、「まぼろしの群」（杉木喬・鍋島能弘・坂本雅之訳　岩波文庫『草の葉　上』所収）の題名を出典としています。

解説

橋本輝幸

本書はアメリカの作家ロジャー・ゼラズニイ（一九三七―一九九五）のロードノベル・アドベンチャーSF、*Roadmarks*（一九七九）の新訳である。入手困難だった幻の作品がここによみがえった。

主人公レッド・ドラキーンは、高速道路〈道《ロード》〉で青いピックアップトラックをどこまでも疾駆させる。旅の相棒は、おしゃべりで世話焼きのコンピュータ〈華《フラワーズ》〉だ。〈道〉は時と場所を自在に移動できる通路で、その出口は様々な時代や並行世界に通じている。しかし気ままな風来坊生活は、レッドが〈黒の十殺〉の標的に定められて一変する。〈黒の十殺〉、それは〈道〉で合法の復讐ゲーム。標的が死ぬか、差し向けられる十名の暗殺者が全員失敗するまで続けられる。暗殺者に選ばれたのは、最強の殺人ロボ、名うての女アウトロー、サイボーグ化された第三次世界大戦の英雄、中国の格闘技の達人、二十四世紀の装甲車といった猛者たちだ。さらにティラノサウルス・レックスやドラゴンも登場する！

あらすじを聞けば当然、暗殺者ひとりずつとの対決を予期するだろう。ところがレッドと敵の直接対決シーンは意外と少ない。レッド・ドラキーン以外の視点で書かれる〈2〉のパートは、青年ランディがコンピュータ〈葉《リーヴス》〉と共に父探しの旅に出る筋をメインに、ときどき暗殺者側の事情を開陳する。おまけに〈2〉の時系列は順を追っていない。

本書には、ゼラズニイのユーモラスで荒唐無稽な側面がいかんなく発揮されている。冒険行、父と子、アイデンティティや世界の秘密をめぐる苦悩、奇抜な脇役たち……ゼラズニイ作品おなじみの要素もつめこまれている。多世界が存在する世界観は、代表作〈真世界アンバー〉シリーズにも共通する。多世界設定にはフィリップ・ホセ・ファーマーの〈リバーワールド〉や〈階層宇宙〉シリーズ、シマックの『中継ステーション』といった先行作があるが、いくつもの世界を移動する選ばれた者、そして真なる世界の影や夢にすぎない世界というゼラズニイの設定は格別に印象的だ。作家マックス・グラッドストンは十歳のときにゼラズニイ作品を読み、四冠受賞したアマル・エル゠モータルとの共作長編『こうしてあなたたちは時間戦争に負ける』（山田和子訳／新☆ハヤカワ・SF・シリーズ、原著二〇一九）や *Last Exit*（二〇二二）への影響を認めている。

自動車もまたゼラズニイの重要モチーフだ。一例を挙げれば、スマートカーが暴走し、人間を襲撃する「悪魔の車」（一九六五）、は闘技場で機闘士《メカドール》と荒々しい自動車が戦う掌編「異端車」（一九六七）、恩赦で釈放された暴走族が破滅後のアメリカを横断してワクチンを届けに行く『地獄のハイウェイ』（一九六九）である。漫画家の藤田和日郎は「本当はもっとも、もっともおススメ」の小説として『地獄のハイウェイ』に言及している（https://websunday.net/6950/）。六〇年代後半はアメリカ車が絶好調で、ハイスペック車はマッスルカーと呼ばれていたころである。このように本書は一冊でゼラズニイの作家性が存分に味わえる。

さて、なんと本書のドラマ化企画が進行中である。しかも製作総指揮は作家のジョージ・R・R・マーティンである。映像化権を買ったのはHBO。マーティンの〈氷と炎の歌〉シリーズを原作とする大ヒットドラマ『ゲーム・オブ・スローンズ』を放映したケーブルテレビ局だ。二〇二一年に本件がスクープされたとき、マーティンが投稿したブログ記事によれば、彼はHBOに四作のSFファンタジー小説の映像化を提案し、選ばれたのが『ロードマークス』だったそうだ。マーティンは大学生のとき長編『光の王』を読んで以来の熱心な読者で、駆けだし作家時代にはゼラズニイの世話にもなっていたという。一話完結のテレビドラマ『トワイライト・ゾーン』用にゼラズニイの短編「キャメロット最後の守護者」の脚本も書かせてもらっている。

著者ロジャー・ゼラズニイについて簡単に紹介したい。全盛期、彼は著名なSF・ファンタジー賞の常連だった。なにせヒューゴー賞に十四回ノミネートされて六回受賞、ネビュラ賞にも十四回ノミネーされて三回受賞している。日本でも星雲賞の参考候補作に七回選ばれ、二回受賞した。

人気は根強く、二〇一二年の『ローカス』誌オールタイムベスト投票では、〈真世界アンバー〉第一巻『アンバーの九王子』がファンタジー部門五位を獲得。〈ナルニア国物語〉や〈ハリー・ポッター〉より上位だった。SF部門では『光の王』が二十三位にランクインした。一九七五年の十位をピークに、順位は下降し続けているが忘れられてはいない。日本でも二〇〇五年の『光の王』（深町眞理子訳／ハヤカワ文庫SF）復刊、二〇一五年の短編集『伝導の書に捧げる薔薇』（浅倉久志訳，峯岸久訳／

ハヤカワ文庫ＳＦ）復刊が記憶に新しい。二〇一七年には『虚ろなる十月の夜に』（森瀬繚訳／竹書房文庫）が初めて翻訳された。

ゼラズニイがもっとも活躍した一九六〇年代後半から七〇年代は、ベトナム戦争の失策でアメリカ政府への批判が高まっていた。アーシュラ・Ｋ・ル＝グウィン、サミュエル・Ｒ・ディレイニー、マイクル・ムアコック、トマス・Ｍ・ディッシュ、フランク・ハーバートらとはほぼ同時期に活躍した。当時は単なる勧善懲悪ではない物語、完全無欠ではなく苦悩するヒーローが追求されていた。ヒッピー文化が盛り上がり、映画では犯罪者を主人公にし暴力を描いた、ニュー・ハリウッド（日本ではニュー・シネマ）として知られる傾向の作品が生まれた。ゼラズニイ作品からもこうした時代性を強く感じられる。ただしゼラズニイの主人公たちは屈折し、苦悩すれども善人で、タフな境遇でも前進していく。同期作家たちが生んだ登場人物に比べると普通のヒーロー寄りで、一般人寄りでもある。実際『アンバーの九王子』の主人公は自動車事故にあい、記憶喪失になって病院でめざめ、自分が異世界の王子であることを思い出していくので、一般人視点だ。

入手困難な作品が多くなった理由のひとつは、時代の変化だろう。歓迎されるヒーロー像は変わっていくし、本書の外国人や異文化のエキゾチックさもいささか型どおりなところがある。また、年若い読者がゼラズニイ作品と遭遇しづらい状況は、新しいファンの獲得になおさら不利に働いたかもしれない。ゼラズニイのファンの多くは年代や国籍を問わず、十代で著作に出会っている。これは彼に影響を受けた創作者たちも、筆者の周りの人たちもそうだった。ゼラズニイの面白さは神話伝説や連載少年漫画の面白さなのだ。ぜひ頭をなるべくやわらかくしてから、物語の勢いや、山盛りになった小さな設定に注目してほしい。ディテールやムードにこそ著者の真髄がある。そのことは、おそらく本人も自覚していたことだろう。

〝もし小説が書けなかったら、ぼくは金物店の主人になっていたかもしれない。昔からぼくがいつも魅惑されてきたのは、この社会を維持するのに使われるおそろしく多種多様な道具と、社会をつなぎとめているクリップや、蝶番や、釘や、ネジや、プーリーや、釘金や、鎖や、かすがいや、パイプのたぐいだった。そしていうまでもなく、社会のあっちこっちの見場をよくしているパテや、深喰や、セメントや、ペンキのたぐいだった。〟
（ロジャー・ゼラズニイ『キャメロット最後の守護者』浅倉久志・他訳／ハヤカワ文庫ＳＦ所収「はじめに」P.6）

本書に受賞歴がなく、当時の評価があまり芳しくなかった理由もこのあたりにあるのではないか。整然ではなく雑然こそがゼラズニイだ。構成は自由奔放だし、いくつかの謎に明確な答えはない。代わりに成熟が置き去りにした情熱と感傷があるし、夢の中をさまようような不思議な感覚もある。キャラクターの存在も流動的だ。複数名が人生の経過につれた変容や、羽化に近い激しい変化を遂げる。とまどった読者も、まずは気楽に物語に身をまかせてほしい。そう長いドライブではないのだから。

乗り心地が気に入ったら初期の長編を、アイディアやキャラクターが気に入ったら短編集をおすすめする。

邦訳書リスト（共作を除く）

『わが名はコンラッド』*This Immortal(…And Call Me Conrad)* ,1965 小尾芙佐訳（ハヤカワ文庫SF 一九七五年）
『ドリーム・マスター』*The Dream Master* ,1966 浅倉久志訳（ハヤカワ文庫SF 一九八一年）
『光の王』*Lord of Light* ,1967 深町眞理子訳（早川書房海外SFノヴェルズ 一九七八年／ハヤカワ文庫SF 一九八五年＆二〇〇五年）
『地獄のハイウェイ』*Dammation Alley* ,1967 浅倉久志訳（ハヤカワ文庫SF 一九七三年）
『影のジャック』*Jack of Shadows* ,1971 荒俣宏訳（サンリオSF文庫 一九八〇年）
『われら顔を選ぶとき』*Today We Choose Faces* ,1973 黒丸尚訳（ハヤカワ文庫SF 一九八五年）
『イタルバーに死す』*To Die in Italbar* ,1973 冬川亘訳（ハヤカワ文庫SF 一九八二年）
『燃えつきた橋』*Bridge of Ashes* ,1976 深町眞理子訳（ハヤカワ文庫SF 一九八二年）
『砂のなかの扉』*Doorways in the Sand* ,1976 黒丸尚訳（ハヤカワ文庫SF 一九八一年）
『ロードマークス』*Roadmarks* ,1979 遠山峻征訳（サンリオSF文庫 一九八一年）／植草昌実訳（新紀元社 二〇

二四年）本書
『アイ・オブ・キャット』*Eye of Cat*,1982 増田まもる訳（創元推理文庫 一九八九年）
『魔性の子』*Changeling*,1980 池央耿訳（東京創元社イラストレイテッドＳＦシリーズ 一九八一年／創元推理文庫 一九八五年）
『外道の市』*Madwand*,1981 池央耿訳（創元推理文庫 一九八五年）『魔性の子』続編
『地獄に墜ちた者ディルヴィシュ』*Dilvish, The Damned*,1981 黒丸尚訳（創元推理文庫 一九八五年）連作短編形式
『変幻の地のディルヴィシュ』*The Changing Land*,1981 黒丸尚訳（創元推理文庫 一九九〇年）
『虚ろなる十月の夜に』*A Night in the Lonesome October*,1993 森瀬繚訳（竹書房文庫 二〇一七年）

● **〈真世界アンバー〉シリーズ**

『アンバーの九王子』*Nine Princes in Amber*,1970 岡部宏之訳（ハヤカワ文庫ＳＦ 一九七八年）
『アヴァロンの銃』*The Guns of Avalon*,1972 岡部宏之訳（ハヤカワ文庫ＳＦ 一九八〇年）
『ユニコーンの徴』*Sign of the Unicorn*,1975 岡部宏之訳（ハヤカワ文庫ＳＦ 一九八〇年）
『オベロンの手』*The Hand of Oberon*,1976 岡部宏之訳（ハヤカワ文庫ＳＦ 一九八一年）
『混沌の宮殿』*The Courts of Chaos*,1977 岡部宏之訳（ハヤカワ文庫ＳＦ 一九八一年）

◉短編集

『伝道の書に捧げる薔薇』*The Doors of His Face, the Lamps of His Mouth* ,1971 浅倉久志・峯岸久訳（ハヤカワ文庫SF 一九七六年&二〇一五年）

『わが名はレジオン』*My Name Is Legion* ,1976 中俣真知子訳（ハヤカワ文庫SF 一九八〇年）

『キャメロット最後の守護者』*The Last Defender of Camelot* ,1980 浅倉久志・他訳（ハヤカワ文庫SF 一九八四年）

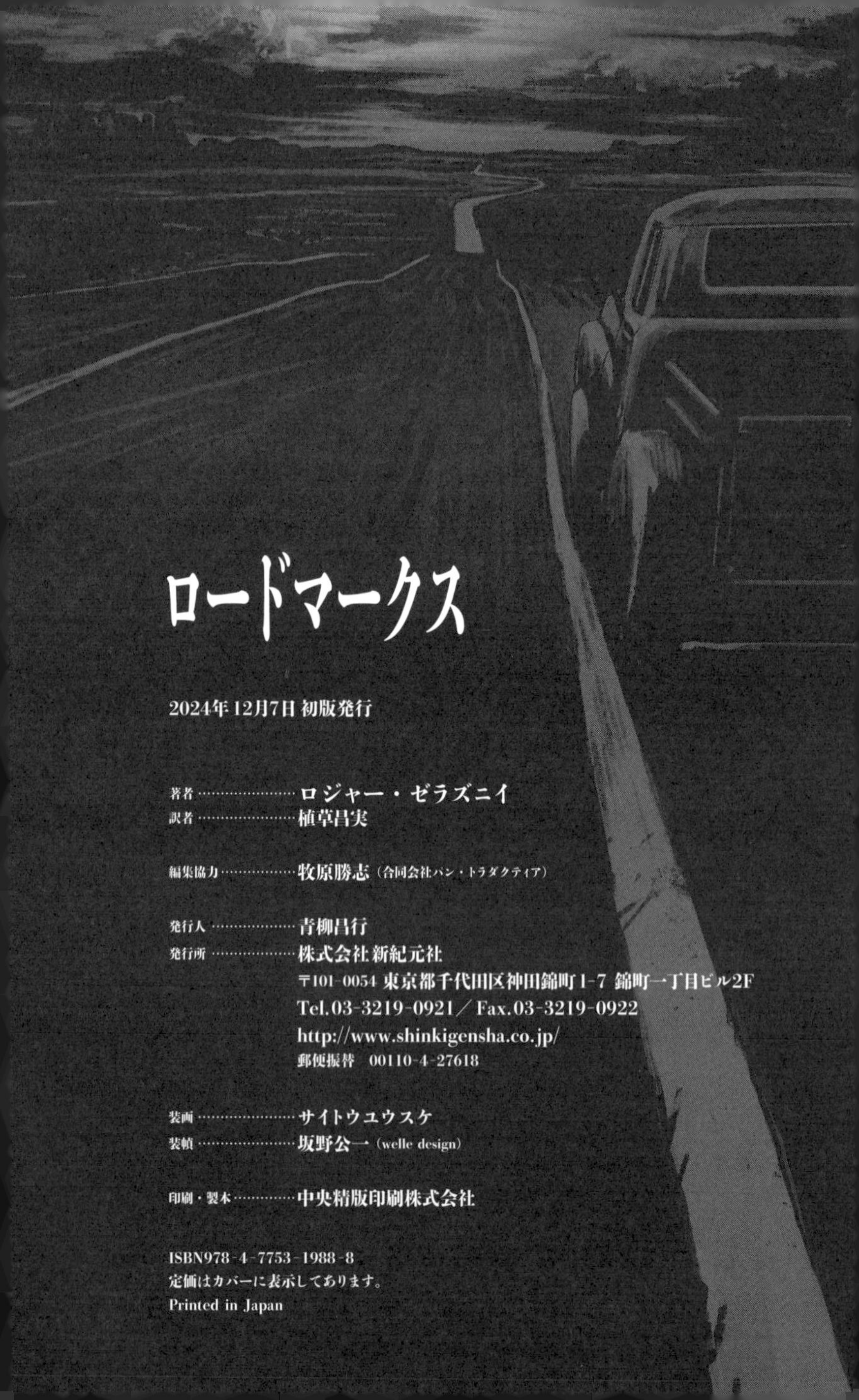

ロードマークス

2024年12月7日 初版発行

著者……………………ロジャー・ゼラズニイ
訳者……………………植草昌実

編集協力…………………牧原勝志（合同会社パン・トラダクティア）

発行人 ……………………青柳昌行
発行所 ……………………株式会社 新紀元社
〒101-0054 東京都千代田区神田錦町1-7 錦町一丁目ビル2F
Tel.03-3219-0921／Fax.03-3219-0922
http://www.shinkigensha.co.jp/
郵便振替　00110-4-27618

装画……………………サイトウユウスケ
装幀……………………坂野公一（welle design）

印刷・製本………………中央精版印刷株式会社

ISBN978-4-7753-1988-8
定価はカバーに表示してあります。
Printed in Japan